夏日落

夏日落

閻連科

香港城市大學出版社
City University of Hong Kong Press

剪紙：尚愛蘭

©2020 香港城市大學
2023 年第二次印刷

國際統一書號：978-962-937-452-5

出版

香港城市大學出版社
香港九龍達之路
香港城市大學
網址：www.cityu.edu.hk/upress
電郵：upress@cityu.edu.hk

Summer Sunset
(in traditional Chinese characters)

ISBN: 978-962-937-452-5

First published 2020
Second printing 2023

Published by

City University of Hong Kong Press
Tat Chee Avenue
Kowloon, Hong Kong
Website: www.cityu.edu.hk/upress
E-mail: upress@cityu.edu.hk

Printed in Hong Kong

目 錄

選集總序

憤恨於自己的寫作與人生

經常懷疑自己的寫作，就是一場尷尬的文學存在。

因為這尷尬是文學與人生中的「一場」，想既是一場，就必有結束或消失的時候。不怕消失，如同任何人都要面對死亡樣。然而結束卻遲遲不來，是這種尷尬無休無止——這才是最大的尷尬、驚恐和死亡。

香港城市大學出版社，願意出版這套包括我剛剛完成、也從未打算「給予他人審讀」的最新長篇小說《心經》在內的九冊「閻連科海外作品選集」（小說卷 6 冊、演說散文卷 3 冊），讓我感到他們朝殘行者伸去的一雙攙扶的手。可也讓我在恍惚中猛然驚醒到：「你已經有九本在你母語最多的人群被禁止或直接不予出版的書了嗎？！」這個數字使我驚愕與悵然。使我重新堅定地去說那句話：「被禁的並不等於是好書，一切都要回歸到文學的審美和思考上。」然而我也常呢呢喃喃想，在大陸數十年的當代文學中，一個作家一生的寫作，每本書都毫無爭議、出版順利，是不

是也是一個問題呢？我總以為，中國的開放，永遠是關着一扇窗，開着另外一扇窗；一切歷史的變動，都是在嘗試把哪扇窗子開的再大些，哪扇關的再小些。永遠的出版有問題，但如我這麼多地「被禁止」、「被爭論」，自然也是要駐足反省的寫作吧。

文學能不能超越歷史、現實和那兩扇誰關誰開，關多少、開多少，乃或都關、都開的窗子呢？

當然能。

也必須！

只是自己還沒有。或者你如何努力都沒達到。我並不願意人們用良知和道德去看待我的寫作和言説，一如魯迅倘使還活着，聽到我們説他是「戰士」、是「匕首」，會不會有一種無言之哀傷？「閻連科海外選集」自然是集合了我較為豐富寫作中的「某一類」。這一類，對「外」則是親近、單調的，對「內」則是尖鋭卻無法閲讀體味的。但無論如何説，它也是一個作家的側影吧。面對這一側影的呈現和構塑，我異常感謝城大出版社每一位為這套叢書付出心血的人——他們是真正懷有良知的人。而至於我，面對這套書，則更多是尷尬、憂傷和憤恨。

尷尬於自己寫作的尷尬之存在。

憂傷於這種尷尬何時才是一個結束期。

而憤恨，則是憤恨自己深知超越的可能與必然，卻是無論如何都沒有達到那處境界地；而且還如一個溺水的人，愈是掙扎想要超越水面游出來，卻愈要深深地沉溺墜下去。

　　憤恨於自己的寫作和人生，又無力超越或逃離，又不甘就這樣沉沉溺下去。這就是我今天的人生狀況和寫作狀況吧。除了哀，別無可言說了。

閻連科
2019 年 11 月 29 日於香港科技大學

第一章

1

羊年十一月初，步兵三連孕生一件通天大案：先是槍丟了一支，其後，兵又死了一個。槍是新槍，鐵柄全自動；兵是新兵，下士軍銜，籍系鄭州二七區，父為小學教師，母是環衛工人。事情乒然發生，震炸兵營。一時間，滿地沸揚，草木皆驚，團、營、連空氣稀薄，整座營房，都相隨着案情顫動哆嗦。

事發時候，已經從副營降為正連的連長趙林，和指導員高保新正在操場促膝交心。其時正值夏末，黃昏網着世界。這個季節，天地挺沒意思，不清不爽，也不黏糊悶熱，一片大地，就像一片從籠中揭下晾着的蒸饅籠布；五點半鐘，夕陽開始西下，下就下嘛，而又拖泥帶水，戀着高天不肯隱去。你眼看太陽的酷炎漸漸轉淡，彷彿一團烈火被雨水澆了一場，然卻沒有水火溶碰後的煙煙霧霧。大地上準備呈出清新透亮，貯了一天的燥氣，開始了慢慢流

散。你想涼爽的夜晚即刻便會到來，然它卻如戰後的和平歲月，遙漫無期，總等也不肯來到，姍姍的腳步，如遲暮耕作的老牛。從夕陽西下，到黃昏降臨，這段短暫的漫長光陰，在軍營是一日中的一段周末。哨兵身後的營盤，一樣是一隅世界，無論今古，間或中外，都大致不差。

步兵三連的所在營盤，紮寨在河南省東部，簡稱豫東，這兒遠離都市，百里無山，平川一馬，在曠野中如一方村落。吃過晚飯，兵們便邀聚成堆，在大操場席地而坐，說不便官聽的話，做不便官見的事，且都是以鄉域為群。這樣的時景，蚊蟲還盛，屋內還蓄有燥悶，委實也是難呆，恰又逢着周六，兵們大都不在連隊。趙林到各排寢室巡查一周，出來豎在連部門口，見營長的老婆騎車從他面前擦過，掉落一路香味，心中便立馬空蕩，像搬走了貨物的偌大庫房，空蕩，還又亂亂糟糟。不消說，營長、教導員、副營長今夜都要回家享受天倫。他們家屬都已隨軍，在團部宿舍區各有一套三室一廳，日子過得有山有水，有麵有米，不算天堂，可也有些仙滋神味。趙林知道，營長的漂亮老婆，是騎車來接營長回去享受周末。她從趙林身邊擠過時，趙林叫了一聲嫂子，許是她壓根沒聽見，許是她應了一聲，趙林沒有聽見，橫豎趙林叫了，應聲卻無蹤無影。如此，趙林便咬咬下唇，取出一根火柴挖着耳朵，兩眼從營房圍牆上望出去。營房外的地平線，新

鮮紅潤，如一條起伏蕩動的河流。落日一圓，彷彿小舟一葉漂動。不消說，這是上好風景。趙林盯死風景去看，卻看見營長的老婆把自行車立到他身後路邊，飄着裙子朝營部擺去。於是，趙林挖着耳朵眼子，晃到自行車那兒，彎腰，伸手，拇指、食指一扭，放了自行車後輪胎的氣，把火柴棒戳到了氣門心裏。做完這些，臨起身他又朝後輪胎上狠狠踢一腳，說我趙林的老婆有一天也會隨軍，也會過上這種日子的！就是我老婆不隨軍，說不定也能過上這日子！想找個情人我趙林也不是不可能。憤怒着，嘟囔着，在他剛要轉身去時，指導員卻站在他的身後。

「老趙，你咋能做出這號事兒！」

「奶奶，她男人和我一年入伍，憑啥就他媽混到了營長的位置上。」

指導員說：「趙林，這話你只能給我講。」趙林望着指導員的臉：「我知道，你我是搭檔，是戰友，還是親弟兄。」

「那我就對你實說了——官道有兩條，看你找不找，」指導員想了一會兒道，「其實真想當官也不難，明道是真才實幹，暗道也就三個字：不要臉。」

指導員原是幹部幹事，這樣說時，如同聖人傳經，深思熟慮，而又貌似脫口而出，輕鬆隨便，彷彿一眼目光能從豫東兵營，穿進了北京城內，把連長趙林臉上駁出一個

愣怔。他説你説營長走了哪一條？指導員説聰明人都是東走西拐。聽了這話，連長瞪大雙眼，將目光一針一線縫在指導員的臉上，説指導員，出去走走？指導員説走走吧。

他們沿着營區的馬路走，從東至西，從南到北，把夕陽活脱從嘴上説下去，從腳板踩下去。説起來，彼此二人，都從農村一步跨進軍營，成了軍人，同一營盤，相近的人生目標，其步調自然很為一致，談入伍之難、提幹之艱，最後説到一九七九年自衛反擊，兩個人來到了大操場。操場在營房中央，方方正正幾十畝，栽種的抓地草，染着太陽的最後一抹淺紫淡褐，散發着薄暖的藻味。士兵們成堆，團兒團兒散開，談天或者喝酒。啤酒，深藍的酒瓶木柄榴彈樣埋在草棵間。操場的上空，溢動着鬆散的黃風，夾帶了營房外深秋的甜氣。趙林和指導員躲開兵群，來到操場的最南角，仰躺在操場的厚草上。他們的身後，是寬闊的靶場，正好使他們的頭，枕着靶堤的下腳，舒服而又愜意。這個當兒，夕陽最後落盡，黃昏也轉眼走失，靜謐泡着他們，下弦月掛着幾絲白雲走動，如同一片散絲吊着一張刀片在水面漂遊。蛐蛐的叫聲，如一股細水從他們耳裏穿流，各自的身上，都浸着潮潤，心也彷彿被洗得十分素潔。望着高遠的明淨，趙林沉默了一陣，説指導員，在三連我當了五年連長，有過三任夥計，從來沒像今夜這樣和他們交過心哩。指導員翻下身子，面對趙林，

説為啥？趙林說，媽的，他們都是城市人，賊精，滿嘴假話，我都懷疑他們和老婆睡覺心都不在床上。指導員說你在床上？趙林瞪了一下眼，說你這是啥兒意思指導員？！你可不能存心害我，毀我前程不說，你毀了我老婆孩子的一生呢。指導員從草地上坐起來，說趙林，咱們都是從農村入伍的，都在一個連裏當過兵，一九七九年還同在一條戰壕中受過半年罪，眼下又在三連搭夥計，你難道還不相信我高保新？趙林說，相信。指導員說真相信？趙林說，你看你這人。

　　指導員說：「我問你一句話。」

　　趙林說：「問吧。」

　　指導員說：「你和市裏蔬菜公司那會計到底咋樣兒？」

　　趙林說：「一點事兒都沒有。」

　　指導員說：「是真的？」

　　趙林說：「媽的，我不能害人家！」

　　指導員說：「是因為你是軍人，是連長，要顧前途吧。」

　　趙林說：「人不能沒良心。」

　　指導員說：「對，不能沒良心。」

　　也就靜下來，沉默了好一會兒，指導員又仰躺下去，有一搭沒一搭地枕着胳膊問：「老趙，你說我高保新這指導員當得咋樣兒？」連長掐一根枯草放嘴裏，說不錯，真的不錯。然後把枯草嚼出一種黑味兒。

指導員翻身把臉和天平行着。

「你說心裏話。」

連長把嘴裏的枯草扔到地上。

「是說心裏話。」

指導員默然一陣子，把眼盯在月牙上。

「你說我能不能勝任一營教導員？」

連長猛側身子盯死指導員。

「你是不是要往上拱了？」

指導員飄出淺淺一聲笑。

「不可能……」

連長又復原樣靜躺着。

「教導員比指導員更好當。」

指導員又突然坐起來。

「我當教導員你會不會聽我的？」

連長也又隨之坐起來。

「你提我當副營長叫我去死我都不回頭！」

指導員盯着連長看一陣，又把自己扔到草地去。月牙在他頭頂輕移着，青光軟軟地飄在他的額頭上。天是暗藍色，忽然間不見雲彩，蛐蛐聲也猛地止住。這寧靜極像十餘年前南線戰爭中突來的死寂，讓人有些禁不住心裏有了一絲寒。指導員從寒寒的寧靜中掙出來，說有一天我真當了一營教導員，我死也要把你弄到副營長的位置上。連

長笑笑，說有這句話就行，我做夢都想着副營職。指導員說你只想副營？連長說只想副營，給個正營都不幹，挺知足。指導員說，讓我當軍委主席我都不嫌大。到這兒，似乎他們話已說盡，彼此再沒啥兒隱私需要敞給對方。然天還尚早，情景又好，誰都戀着這夜光景，卻又不能這麼乾乾地靜坐，便彼此胡亂扯些閑言。他們不知道就是這個時候，連隊的槍庫窗子被人推開了，就這個時候鐵柄衝鋒槍被人盜走一支，而把三連和他們的命運扭進了蛔蟲似的胡同。

一周後，專案小組審理他們時，他們誰也回憶不起這個時候，他們彼此談了啥，只記得在文書來報案以前，靶場有個哨兵持槍從他們面前遊動過去，指導員望望連長，說：

「老趙，你在想啥？」

連長說：「想老婆。」

指導員不信。

「真的想老婆？」

「真的想老婆。想哪一日才能混上熱熱呵呵一個家。」

「不想連隊？」

「你呢？」

「我問你。」

「我說實話，你說不說實話？」

「說。」

「你們政工幹部我看透啦，都他媽真真假假。」

「你老趙……我今夜說半句假話是孫子。」

「那好吧，給你說我從來沒把連隊當過家。」

「你還被評過三次模範基層幹部哩。」

「不都是為了那個副營職。」

「可你還帶出過兩個軍事過硬老虎連。」

「步兵那一套，比他媽種地還容易。」

「這就吹牛了。」

「只要我下力氣，不吹牛，我三個月能把三連訓練成老虎連。」

指導員說：

「你下呀！」

趙林說：

「總也提不起勁兒。」

指導員說：

「你把訓練搞上去，我把思想工作弄上去，到年底說不定你我都可以動動窩。」

趙林說：

「我幹了多少年說不定的事。」

指導員說：

「趙林，你忘了我是從團幹部部門下來的？」

趙林說：

「高保新，實話說，一下提升兩個人你有把握嗎？」

指導員說：

「沒有百分之百。」

趙林說：

「百分之六十呢？」

指導員說：

「沒有百分之六十的把握我不白當了幾年幹部幹事嘛！」

連長趙林激動了，他再次坐起來：

「指導員，三個月我不讓三連成為老虎連，我趙林就不是我娘生養的。我是母雞軟蛋養的一條蟲。」

指導員高保新也再次坐起來：

「老趙，提拔你時我要不用百分之百的力氣為你爭，我自己要先你一步往上拱了，我高保新就不是人，我高保新就是大姑娘養的行不行？！」

誰都不再說啥了。誰都知道掏了心肺之後再也無話可說了。

靜一陣，指導員好像有些捨不得地說：

「回去吧，今夜我查哨。」

連長站起來拍拍屁股上的土。

「老高，我再問你一句話。」

「說吧。」

「眼下，就現在，你心裏在想啥？」

指導員瞟瞟瓦藍色的夜空沉默一會兒。

「和你想的不一樣。」

「想連隊？」

「不是。」

「想當教導員？」

「實話說，最想的不是官。」

「啥？」

「想他媽千萬別打仗。」

「你怕死？」

「誰不怕？一九七九年那次我們排就活下我一個，三十二具屍體草垛一樣埋着我，排長的腦殼血淋淋扣在我頭上⋯⋯前幾天看完海灣戰爭的錄像，我夜夜睡不着。」

「是真的？」

「你就不怕戰爭嗎？」

「眼下我腰上還鉗一塊炮彈片兒哩⋯⋯」

指導員說：

「算了，不說這，說這就洩氣，人就沒有理想啦。」

趙林說：

「走吧，把工作訓練搞上去，你我往上拱一拱，挪挪窩。為實現今夜咱說的目標，誰都他媽的要把吃奶的力氣用出來。」

就是到這兒，他們要走時，文書跑來了。那時月已東去，操場上迷罩朦朧。田野的秋風，越過靶堤吹到操場上，秋玉米的紅香在兵營彌漫。營房的燈光幾乎熄盡，偶有一窗，也如掛在夜中的一方黃紙。軍營在夜色中，如小康人家的四合院落，大操場像鋪在院裏晾曬乾菜的土織布單。文書在操場上急跑，秋黃的燥草被他蹬得趔趄，如同那曬菜布單在風中搖擺。人未到操場南角，嘶聲就先自飛到：「連長 —— 快吧！槍丟啦！槍庫窗子被人推開啦 —— 我找你們一整夜，連營房外的餐館都去啦 —— 快吧，槍他媽被人偷走啦 ——」

至此，丟槍案在三連正式妊娠孕生了。

2

直言說，和平年月，太平昌世，國家有軍千萬，兵營座座，偶有閃失，丟槍失彈也不為怪奇。然也正因為歲月平和，軍隊安寧，丟槍失彈才鑄成大事。找到了，事情是疏忽，找不到，事情是案件。那時候，近說是連隊軍政主官各人一個行政處分，遠說是你一生的奮鬥前功盡棄。都明白，對連隊無非是榮辱，對個人，便是命運之攸關。連長趙林和指導員高保新隨文書急急回來，路上就制訂好了查找方案：一是保護現場，二是封鎖消息。此事只限於連

隊主管和文書知曉，連副連長和各排長都不可使其聽到一絲微風。三是分析重點人，私下談話，溝通思想，悄悄把槍交出來。

那時候，夜不為深，操場上仍有聚堆的兵們，壓低嗓子的劃拳聲和電池不足的迪斯科樂在躲閃着流動，像一條漫不經心又避石繞嶺的彎水河。丟槍事故從責任分成，軍事幹部該比政工幹部多得些。所以，一路上連長都走在最前面。到操場中央時，連長說文書，到處找找，看有沒有三連的兵。文書說有了咋說？連長說就說讓他們回來參加晚點名，你自己今夜就守在這路口放暗哨。文書一走，連長冷丁立在操場上，對指導員說：

「向不向營裏報告？」

「你說呢？」

「報告了找到槍也算事故啦。」

「就怕這。」

「算事故，三連的工作今年就完啦。」

「完啦你我就再也別想今年挪挪窩的事。」

「那就不報告？」

「由你定。」

「你是連支部書記……」

「行管工作軍事幹部說了算。」

「奶奶……先不報！」

連長轉身就走，步子越發快捷，彷彿指導員在身後追他。指導員久蹲機關，剛到連隊半年，早先做團幹部股幹部幹事，下部隊都隨首長坐車，最不濟也騎輛自行車，腿腳早已不如做兵時候。體味最濃的是，當年自己曾是一班之長，可年初到任三連，忽然發現自己不會喚口令，立正、稍息、隊列行進中的前後左右轉，永遠也喚不到腳步上。這時候，一丟槍，他看到連長疾腿快步，自己總也追趕不上，就越發明白，自己無論如何不能長久呆在連隊裏。老趙，他說，你走稍慢些。連長沒回頭，說你快些，槍要被轉移出三連就他奶奶難找了。指導員猛跑幾步，和連長並上了肩。

　　「你說萬一找不到怎麼辦？」

　　連長突然止步站到路邊上。

　　「我們得先報告給營裏。」

　　指導員把連長拉到路邊樹影裏，讓黑色包住身。

　　「你要想清楚……」

　　「找不到再不及時上報，嚴重警告會變成記大過。」

　　「沒有別的法？」

　　「什麼法？」

　　「今天周六，營首長都回家裏了……」

　　「要報可以打電話。」

　　「老趙……電話要萬一不通呢？」

指導員説營首長都住在團部家屬院，來回十幾里，電話通了我們報，萬一不通，不及時上報也是有原因。這樣説時指導員盯着連長看。月光暗淡，星光稀薄，樹影裏連長臉上一團黑，如一塊黑布遮蓋住。他聽指導員這麼一開導，沒言聲就走出了黑樹影。回連隊他首先到連部，衛生員和通信員正在門口聊大天，見他忙説連長回來啦？文書到處找你和指導員。他説找我什麼事？通信員説不知道。連長便開口訓斥説，半夜你們不睡覺，連部兵沒一點模範樣。衛生員和通信員慌忙回屋去。這當兒，指導員從後趕上來，補充説你倆先別睡，分頭去各排通知沒睡的兵趕快上床鋪。於是，衛生員、通信員離開連部，踩着朦朧去班排寢室了。

連長急步進了通信員的屋，把電話接線盒上的螺絲擰鬆脱，拿起耳機，聽不到一絲音響了，才出屋同指導員到槍庫。槍庫在連部最中間，一間小屋子，兩扇小窗戶。人是從窗戶進去的，然那窗戶玻璃沒破，插銷沒壞，還嚴嚴關着，連長一推即開。指導員説可能是前幾天打掃衛生插銷忘插了。連長説日他奶奶，這連隊幹部不能當，一星兒關照不到就把人一生賠進去。然後，指導員點了槍架上的槍數，確認是少了一支，又看看子彈箱依然封着，就同連長關死窗戶，到各排開始查鋪了。

到一排。到二排。到三排。全連一百零三個士兵，全都躺在床上，無一少缺，於是又並肩回到連部。

　　連長的屋就是連隊的首府，通信員將其收拾得極停當。被子被通信員拉開了，蚊帳被通信員放下了，蚊子被衛生員趕淨了。臉盆架上擺着半盆洗臉水，毛巾齊整一條搭在盆沿上。牙缸裏盛滿清水。牙刷橫在牙缸口上，短蟲似的一條雪白牙膏已經擠在牙刷上。要往日，趙林回屋只需拿起牙刷刷牙，拿起毛巾洗臉，再用洗臉水將腳一洗，通信員進來將水端走倒掉，回來説沒事了吧連長，他説去睡吧，自己也就上了床。可今兒他一進屋，首先把門插上，再拉過椅子讓給指導員，自己倚桌直立着。

　　消息封了，現場看了。第三步是查找重點人。連長和指導員彼此在屋靜着，燈光在他們臉上鍍出一層銀白。連長是老基層，指導員是老機關，連隊丟槍失彈的事，他們耳聞目見不是三兩次。因為庫內子彈未丟，且百餘支衝鋒槍、半自動步槍只被拿去一支，這就排除了盜槍是參加什麼反動組織或進行什麼活動、暴動。其次，庫窗插銷忘插而竊賊知道，那竊賊必然是三連人，或是和三連有密切關係的人。第三，既盜槍，便有目的。從經驗看，和平歲月，槍支被盜，動機一般不是為了成立啥組織，不是為了謀財害命，多半都是為了某種報復。於是，連長、指導員

拿出連隊花名冊，從一排第一班，逐個推算到四排十二班，證明兵與兵、兵與骨幹、兵與排長之間，絲毫沒有什麼值得持槍報復之事，且彼此之間，向無爭吵鬥毆。最後，連長把目光擱到指導員的身上去，說老高，我看這偷槍的人是對着你我的。

指導員怔一下，盯着連長看，和連長的目光相撞時，屋裏有劈啪響聲落。一片紙薄的白灰從牆上掉下來，碎在他們中間地板上，成一星一點炸開來，如一塊玻璃摔在腳前邊。日光燈嗡嗡的響聲在屋裏轟鳴着，彷彿裝甲、坦克在他們頭皮上轟轟地開。他們就那麼彼此相望着，過了好一陣，指導員起身離開凳，撩開蚊帳坐床上，距連長只有二尺遠，說老趙，今夜咱倆誰都把臉上的皮撕掉，看咱在三連做過什麼虧心事，得罪過什麼人，要不等那槍響了，倒在地上的不是你就是我。

連長說，你說吧。

指導員把牙缸上的牙刷扔盆裏，端起牙缸，一口將一杯生水灌肚裏，說老趙，我對不起你，對不起三連的士兵們。我到三連半年，統共做了三件虧心事。一是我到三連時發展黨員，大家都同意發展飼養員李木子，說他每年為連隊養大三十二頭豬，三年養大一百頭，要賣能賣三萬多塊錢，且都是自己去割草做飼料。可那次我硬把七班長給發展了，說七班長是戰鬥骨幹，發展黨員應該優先考慮。

眼下我實説吧，七班長是戰鬥骨幹不假，更重要的是七班長是咱們團政委的侄子。我這樣做為啥你老趙也知道，可我想飼養員老實巴交做不出偷槍害我的事……再説，七班長和團政委的關係全營只有我知道。二是今年六月，農村大忙，連裏的兵都想回家割麥，全營三天不到，有四十二封病危速回那樣的電報，惟咱們三連沒一封。這件事連團黨委都知道，自上而下表揚我思想工作做得好。你見了，師裏的《政工簡報》還轉發了我做思想工作的經驗文章，師政治部主任拍着我的肩膀説，好好幹，部隊最缺的就是你這樣的政幹呢。現在我就如實對你説，全連沒有電報，無一人請假，甚至有人家裏死了人都不請一天假，那不是因為我思想工作做得好，而是因為我家三天拍來三封電報，第一封寫的是母病速歸，第二封是母病重住院速歸，第三封是速歸速歸速歸。誰都知道，速歸速歸速歸的意思，是我母親已經下世了，死去了，不死不會連着三個速歸的——那當兒，那時刻，全連人都把目光盯在我身上，看我請假不請假，回家不回家。那時候，你去參加集訓不在連隊不知道，我就把那三封電報有意扔到我桌上，有十幾個戰士想請假的見了我的電報沒開口就從我屋裏走掉了。現在我就如實説，我母親早幾年就死了，那三封電報都是假電報。再就是我到三連七個月，《解放軍報》兩次、軍區的報紙三次報道我思想工作細緻，不計個人得失，安

心基層的小文章，三篇是我自己寫的，另兩篇是我請團報道幹事一頓飯，讓他寫的……別的，老趙，我高保新拿黨性作擔保，我沒有做過對不住三連官兵的事，沒有得罪過三連哪個人，你看誰會盜槍報復我指導員？說完，指導員把手裏的杯子放桌上，抬頭望着連長的寬額門。

那額門上有細細一層汗。

老趙，指導員又去坐到連長正對面，你說我說這些事得罪了誰？誰會去盜槍？

連長說，保新呀保新，你就這樣做思想工作呀？你母親死是假電報，可四班小柳子的母親死是真電報，你這樣能對得起小柳子嗎？我是對不起，指導員說，那時候你不在連隊，我不這樣咋辦呢？再一說，事後，我不是主動讓小柳子回了家，還給他買了百十塊錢營養品，讓他送給他父親，小柳子感動得不叫我指導員，而叫了我一聲叔，你說他謝都謝不過來哩，他會去盜槍報復我？報復我小柳子他也不在連隊呀，他上軍校剛走幾個月，他能從千里之外的陸軍學校趕回來？趕回來全連的人還能沒見到？你說是吧？老趙。

連長沒回話，拿手在額門上擦把汗，又去用涼水洗了臉，回身把自己扔到指導員坐過的屁股窩，彷彿那兒是一張受審椅。

「指導員，」連長說，「這槍口是對着我趙林的……」

「你得罪過誰？」

「我好像把三連全都得罪了⋯⋯」

「好好想想具體事。」

「我家裏的境況你知道⋯⋯除了炊事班的夏日落，三連的兵全都給我送過禮。」

「全送過？」

「除了夏日落。」

「都接了？」

「都接了。」

「禮大吧？」

「幾包煙，或者一瓶酒，有時候是一斤半斤花生米⋯⋯這幾年你清楚，哪個兵探家都不會空手回。」

「這事我也有，七班長填過入黨表就送給我一個綢被面，你不接還真要得罪他們呢。」

「我早就覺得老這樣總有一天要出事。」

「偷槍不是為了這。」

「為了啥？」

「反正不是為了這 ── 你想嘛，戰士從家裏回來捎點土特產，給連隊幹部送一點，這算啥事呢？一包煙，一瓶酒，想稱為腐敗都不夠資格哩。何況在連隊官兵一家，親哥弟兄似的，你不接他這些東西，反把他給得罪了，反倒有可能去盜槍報復你，端槍逼着你，問你為啥吃別人的東西不吃我的呢？為啥不一視同仁呢？」

就又沉默下來了。

指導員被沉默憋得發慌，開口說：

「老趙，你沒別的啥事吧？」

趙林說：

「再就是……」說了半截，他把話停了。

「老趙，」指導員說，「就憑你我都是農民出身你就直說吧。」

「我把連隊大米三次往老家運過三麻袋。」

「老家這麼遠……」

「搭便車。」

「沒人知道？」

「都是炊事班長幫我抬的包。」

「炊事班長也幫我幹過這種事，不過我沒要。」

「保新，也許人品上我這連長不如你。」

「話不能這樣說，」指導員道，「你有你的難處，不過我想炊事班長沒有偷槍的膽。」

「眼下的兵……」

「他想轉志願兵……」

「我知道。」

「你答應過他？」

「老趙，你知道我姓高的從來不許願。」

「可我答應過他。」

指導員歎了一口氣，「說心裏話，炊事班還真的得有他。」

「上個月他給我送了兩條阿詩瑪，我把煙賣掉，把錢寄給老婆了。」

「別的呢？」

「別的……」連長說了半截，忽然抬起頭，目光硬着，說老高，你這樣子好像審判我。我說過在做人上我不如你老高清白，可你看看你自己看我的那雙眼，難道我壞就壞到值得槍崩嗎？指導員忙眨了一下眼，把目光從連長臉上移到窗口去。窗外有淡淡樹影晃着窗扇，像是有人聽窗戶。指導員忙一把推閃窗玻璃，黑影丟去了，燈光急急忙忙泄到窗外一片兒。月亮靜默南去，淺淡一勾畫在軍營外的天空上。星星又密又亮，珠子樣散散亂亂。指導員抬頭望了一下，吸一口涼氣，說連長，不就是為了找槍嘛！連長又把目光軟下來，說操他奶奶，馬上老兵退伍，接着就是轉志願兵，說不定也真是炊事班長想給我留一手？指導員說難說。這樣吧，連長看看錶，已是凌晨兩點半，說我摸摸炊事班長的底，再找幾個重點談談話，你也別錯看了飼養員，跑不掉就是這麼幾個人。指導員順手關上窗，說就這樣吧，千萬別把事情鬧張揚，就先自走出了連長的屋。

一出屋，他就看見文書木樁般戳在路口暗影裏。

3

指導員高保新去問文書說，沒人往外走？文書說沒人，他便心中升起一團暗黑色的失望。有一點很明白，倘要真的找不到這支槍，三連就淪為全團唯一的事故連，年底的營連幹部職務調整，他就又要放空槍。他已經在正連的位置上蹲了四年。一年前機關幹部職務按比例提升，團政治處七個正連幹事，可以有三個晉為副營，然卻有四個都夠晉升條件。他為幹部幹事，負責這項晉升工作，日夜操勞，理上當然他該參加副營職軍官行列，然團政委卻找他談話說，小高，四個幹事動三個，哪個該不動？他笑笑，都該動。政委說，總得有一個不動的。他笑笑，首長定。政委說，這次你就不動吧，先在正連上窩一陣。他一愣，又笑笑，聽首長的。他以為政委是在考驗他，結果卻果然把他窩在了正連上。這次晉升機會的錯失，換來的是年底一次團嘉獎。他笑臉盈盈，上台領了嘉獎證書和十塊錢規定成文的獎金，回到宿舍就把證書撕碎扔進了廁所，用那十塊錢上街買了一瓶酒喝。這次，晉職機會眼看就到，偏連隊又丟一支槍。心裏罵了一句：操他媽的，倒霉的事都讓我趕上。然後，離開文書，來到連隊寢室前，詳細想了那次想請假回家，都因他有三封加急電報而沒請假才也消了請假念頭的兵，從一班算起，大約有十七個。他

想想這十七個兵的床鋪位置，躡腳進了寢室，到第一個兵床前立一陣，伸手拍拍兵的肩，說喂，該你上哨了。那兵睡着不動。

再拍第二個兵的肩，喂 —— 該你上哨了，那兵有鼾聲響出。

拍第三個，該你上哨了……

拍第四個，該你上哨了……

拍第五個，該你上哨了……

拍第六個，該你上哨了……

……

拍第十七個，該你上哨了……

凌晨時候，兵們都睡得地道，鼾聲夾着甘甜的曖昧，在寢室漫溢。三連四個排，四個大寢室，兩排紅房子，每個寢室他都去了，共拍了二十一個兵的肩。連四排的新兵張轅子，有次政治理論考試，全連考得最差，得了九十八分，他說你的腦子不會轉？這一空你要填對咱們全連人人一百分，人人一百分，那就是全師第一呀 —— 細想想，批評他政治考試少兩分，這總不算得罪他小張吧？說這話他小張也記掛在心上，那現如今的政工幹部簡直沒法政工了。不過，儘管如此，他還是縮心躡腳，偷步到小張的床鋪前，拍拍他的肩膀說，該你上哨了，見小張哼了一聲，又翻身睡過去，心才放攤開，大步走出寢室來。

該去找飼養員李木子了。

豬圈離連隊比較遠，在營房西牆下，要穿過一片桐樹園。泡桐樹是豫東的特有貨，名人焦裕祿當年在蘭考，為根治風沙就栽了這種樹。泡桐樹宜於沙地，這座軍營，除了泡桐，別無他樹。桐樹木質輕，蟲不蛀，製家具棺材都是好材料。十年前南線的那次戰爭，這裏曾伐過一批，解板烘乾，用火車運往南線做棺材，南方的木匠都說泡桐木好，輕、柔、軟，做棺材好解好刨，省了木匠許多勁兒。當年因為急需棺材木，把這兒伐得光光禿禿，可幾年一過，現在這兒依然小林森森。指導員從這片林地穿過去，被飼養員踩出的小路彎彎曲曲如雞腸在樹間纏繞着。秋末的夜間，桐葉在風中旋旋落下，每一片都又黃又大，像是因病腫脹的臉。指導員按亮手電筒，燈光一柱，在林間照着，晨露不斷從樹上跌下，打在他的身上、手上，或林間的葉上，劈劈啪啪，像十年前他所經歷的槍林彈雨。想到十年前，他身上生了一個哆嗦，不覺腳下也生出風聲，走得又疾又快。

到飼養員的門前他腳步放慢了。

不遠處的豬圈裏，突然有豬群的哼叫。

他把手電筒光射到豬圈裏，看見有幾隻豬被他驚醒，正哼哼着朝他張望。

把燈光滅掉，他面前立馬漆黑。

飼養員的屋門呀地一聲打開了。

「誰？！」

「我。」

指導員又按亮手電筒，飼養員赤背光腳穿褲衩，手拿一張鐵鍬橫在他面前。

「你幹什麼的！」

「認不出我是指導員？」他把燈光從飼養員臉上移開來，照着飼養員手裏的鐵鍬大聲問：

「拿鍬砍我嗎？」

飼養員説：「我以為有人偷豬……」

指導員説：「別沒入黨你就想不開。」

飼養員説：「我沒想不開指導員……」

指導員説：「這次不行還有下一次。」

「這次沒入不是給我記了一個三等功？」飼養員説：「我一個餵豬的，連一封信都寫不全，能記一個功就不錯了……我知足。」飼養員這樣説時，身上直打顫，上身冷出雞皮疙瘩一層兒。不消再説，飼養員絕不是偷槍的。你看他眼角的眼屎，光身子的寒樣，説話的神情，偷槍了他會睡出眼屎嗎？會拿一張鐵鍬在手嗎？會脱光身子睡覺嗎？算啦，看他冷的，讓他鑽被窩睡吧……

「有人偷豬嗎？」

「二連昨天還丟了一頭。」

「誰偷的？」

「可能老兵偷去賣了，每年退伍前都丟。」

「把鍬放下……我批准你去槍庫拿一支全自動來。」

「用槍？」飼養員驚訝地看着指導員的臉，「真有人偷了也不敢開槍呀。」

「聽說你射擊不錯，十發能打九十多環？」指導員瞟着飼養員的臉色問。

「指導員，」飼養員有些羞怯似的把頭低下去，「我打靶從來沒有及格過，就是因為打靶不行我才要求餵豬的。」

「去睡吧。」指導員朝後退了一步，說看你凍的——能餵好豬照樣也是好同志、好軍人——你快去睡吧，千萬別凍下了病。就把飼養員推進屋裏，將屋門關上，像排除了一顆地雷似的，長長出了一口氣。到豬圈那兒轉轉，如真的去看豬丟沒有一樣後，才又返身回來。他回來時，飼養員依然光身站着，鐵鍬靠在門口，雙手抱着肩膀，說你也回去睡吧指導員，夜深了，你別感冒哩。咱們連的豬不會丟，它們一哼我就醒。指導員說那我就放心了……我說小李呀，工作上，你別有什麼想不開——下一批發展黨員我就考慮你。

飼養員抱縮的雙肩直一下。

「你多費心指導員，我叔說只要我入黨，退伍就能讓我幹村裏治保主任哩。」

指導員立住。

「你叔是啥？」

飼養員聲音很大。

「副村長，他還有心讓我慢慢接村長的班。」

默一下，指導員想問他你入黨就是為了回村當治保主任？想批他幾句入黨動機不純。然一想到丟槍，他忙說，你睡吧，我知道了，等着下一批填表就是啦。

飼養員關門睡去了。

指導員重新步入那片小林，天色已經深如枯井，星月都已隱退。林裏空氣新濃，彷彿有霧流動，有一絲一絲的清涼，在人臉上觸摸。照射出去的燈光裏，凝滯的潮潤如冰凍的水，半金半銀，清清白白。槍丟了，終於沒找到，與指導員有關的兵們到底沒有拿。這反使他鬆了一口氣，腳下覺得輕捷，眼上沒有瞌睡，想我沒找到了好，可連長找到更好。是與連長相關的兵們拿了，由他找出來，我就徹底輕快了 —— 要那樣，連長有事兒讓我包隱着，連支部會上研究啥事我也就不用再一定要爭取他的意見了。我也就是四連名副其實的一號了。果真如此，也就實現了黨指揮槍那句話。思謀着，指導員心中浮起一層輕鬆，如走在寒冬臘月裏，望到一堆野火。讓連長找到吧。誰找到了都好，有驚無險，皆大歡喜，可對你來說，連長找到了更好，具有深意，如雙喜臨門，使你既解脫，又使軍事幹部

在政工幹部面前低一頭，以便在日後工作中自己說了算，比如戰士入黨、請假、考學、立功受獎什麼的，我說一，他趙林就說兩個零點五；我說二，趙林就說兩個一——誰讓他那麼貪財呢？誰讓他不真心以連隊為家呢？沒準就是炊事班長偷去了，把槍窩在哪兒，等到了轉志願兵的時候，如願以償倒罷，倘若不，誰都別想落出好結果。連長你也真是，兵都當了半輩子，還他媽那麼濃的農民氣，給一包煙也抽，給一瓶酒也喝，半斤花生米也往嘴裏送，活脫是貪圖小利的生產隊長，誰喚進家裏吃半碗麵條，就給誰指派一樣輕鬆活，多記二分工。當一個連長，就如半個皇上，無論誰休假回來銷假，都要先到你屋裏，三桃五棗，也都撿進眼裏，要真送一個冰箱、一台彩電，那也值得，可這會兒……事大了，不知要比你拿連隊三包大米大多少。教訓比人跌進水井都深刻。高保新，你這輩子，什麼錯誤都可以犯，但絕不要栽在煙酒大米上。露珠打在指導員的燈罩上，光團中有幾片灰點，他拿手擦了燈罩，又在臉上摸一把。有股寒氣襲到身上，他猛扭一下身子，寒氣便從身上走掉了。找到吧，他想，讓連長找到吧，偷槍那個人，一定要和連長有關係，然後，把事情吞死掉，把這賊處理退伍，就風平浪靜了。因為他偷槍和連長有關係，因為你沒把這事張揚開，連長感激你，他連長大事小事都該聽你的，再不會像上次那樣，讓七班長入個黨，得

想方設法給你連長說好話，比和兵們談心還要難。也真該讓連長栽一栽，都是正連上尉，都是自衛反擊戰的英雄，都是從農村入伍，都是家屬沒有隨軍的單身漢，他初中畢業，你高中畢業，他粗粗糲糲，你文靜內秀，可城裏蔬菜公司的會計憑啥兒就對他那個呢？雖然沒有那一腿兒事，料定他也不敢和人家有那麼一腿兒，可多個女人在心裏想着你，總比少個女人想念好。不說愛情，也不說偷情，這種事 —— 怎麼說呢？比如說吧，女人是一件暖身的襖，同是兩個人，都在冰天雪地寒凍着，一個人想到家裏有件又軟又暖的新大衣，也許想想身上就有了幾分暖，就可以把寒冷抗過去；另一個人，就是你，就是你政指高保新，想到家裏無衣無食，連一件取暖的衫兒都沒有，心一寒，也許就果真凍死在野外了。再比如，女人是一杯口渴時的水，他趙林就有這杯水，雖不能像久旱逢甘霖樣飲，可濕濕嘴唇總是可以的。然你高保新，卻連望梅止渴的一滴甘泉都沒有。那個會計到底長的什麼樣？多大了？對連長是赤誠一片，還是拉扯拉扯就算了。現如今，改革開放哪都好，就是有的女人變得對男人不再忠誠這一點，糟透了，鬧得許多幹部找不到純正的姑娘了，戰士們找對象也不如先前容易了。自衛反擊戰這才真正結束三幾年，姑娘對英雄、對軍人的熱情就嘩啦熄滅了。真是的！連長倒有這桃花運，若不是軍隊紀律的約束，說不定他早就和她那個

了。不定他已經和她那個了，已經走到了上床那一步，誰會在改革開放中幾年不變心？觀念更新多快呀，這女子！

好命的趙林喲！讓他找到那支槍吧，讓我高保新既解脫，又有別的額外收穫吧！指導員邊想邊往前邊走，剛出小樹林，迎面的一下就傳來一聲問：

「老高吧？」

指導員把燈照過去，連長正急急走過來。

「奶奶的，這熊兵……」

「找到了？」

「沒找到。」連長說炊事班長跪死在我屋裏不起來，你快去一趟。指導員問咋回事，連長歎了一口氣，說我把他叫到我屋裏，先開導一番，後檢討一番，說我拿連隊三包大米很不對，不像一連之長。說你送我那兩條煙我也吸過了，折合一百二十塊。這樣我就把三百塊錢退給他，這熊兵就忽然跪在我面前，抱住我雙腿嗚嗚哭，死說活說要轉不了志願兵，他一輩子就完啦。我說這和轉志願兵不是一碼事，主要我作為一連之長，不該這樣兒。三包大米兩條煙，說起來也不算啥兒事，可事關黨風建設，我當連長的應該帶個好頭。可是沒想到，沒想到他說我要退他三百塊錢，他一輩子就再沒前途了，說他家弟兄八個，七個在家種地，祖宗幾代都盼着能出一個吃商品糧的人。還說他奶奶的，他今年回家偷偷結了婚，老婆孕都懷上了。說他

弟兄八個，六個打光棍，他老婆是衝他能轉志願兵才肯和他結婚的。你看這他媽啥熊事，孩子都快生了，我們還不知道他結過了婚。

「真的結過了婚？」

「他親口説的呀。」

「熊兵！真結了也不能説出來，説出來讓我們支部怎麼辦？」

「偷着結婚事小，丟槍事大哩。」

「沒和他説丟槍的事吧？」

「哪敢呀。」

指導員把燈滅掉了，有兵從寢室出來小便，披個上衣，一出門就撒在牆角上，聲音很響，像河從三連流過，臊味順風飄來，連長撮了一下鼻子，説指導員，三連垮在了我手裏，又丟槍，又有人偷着結婚生孩子，哪件事讓上邊知道都是捅天的大窟窿。指導員沒接話，等那兵尿完，徑直到連部，進了連長宿舍。

炊事班長果然還跪在屋中央，一疊錢扔在桌上。一見進屋的不是連長，而是指導員，炊事班長怔一下，似乎想起來，一條腿已經朝前伸去，可他卻冷丁又把那腿縮回，轉過身子，面對指導員，依原樣跪着，把頭深深勾下，僵硬着不動。

指導員問：「你幹啥？」

炊事班長不動不吭。

指導員說：「有話站起來說！」

炊事班長依舊不動不吭。

指導員壓低嗓子喝道：「我讓你站起來！」

炊事班長偷瞟一眼指導員，依然不動不吭。

連長進來了，立在指導員身後。

指導員走到桌前，把手電筒豎到桌上，站到炊事班長身後，他忽然看見炊事班長幾乎拉斷的後頸，又細又長，腦窩深得厲害，如一眼窰洞。兩條大筋，在窰洞兩側，像兩條從舊房上扒下的檁木，瘦乾橫着。在那檁木左右，水濕一片，汗粒從髮茬中滾出來，落進窰洞，又漫進衣領下的脊背。他想起那年自己老家遭水，房窰全塌，汪汪洋洋，情景也就如炊事班長的後頸窩。

「連長拉那三包大米沒人知道吧？」

炊事班長跪着的身子沒動，卻把頭扭過來，脖子擰得如一圈紅麻花。他的頭仰了，顎下的喉結尖尖大大，暴出來如一粒曬乾的棗。額頭上的紋絡，又細又密，新嬰出世的前額也不過這樣。他沒有開口說話，只向指導員輕擺一下頭。

「下一周團裏組織槍支拆卸組合蒙眼比賽，你能代表三連參加嗎？」指導員冷不丁兒問。

炊事班長有些不知所措地瞟着指導員。

連長也莫名古怪地望着指導員。

指導員對連長説：「他們參加的都是訓練尖子，我們去個炊事班長，即使輸給他們幾分，我們也等於贏了他們呢。」這樣説着時，指導員的臉上閃過一層顏色，眼睛眨一下，連長臉上的莫名古怪也就不見了。

這當兒，炊事班長説話了。他説：「指導員，我已經兩年沒有參加過訓練啦，讓我去……我丟三連的臉。」又説：「今後，你放心，指導員，趙連長，我一定把訓練成績搞上去，一定，把炊事班全體戰士的軍事素質抓上去，只要你們把我留在部隊上。」

指導員問：「你知道新式全自動步槍用的子彈是什麼型號嗎？」

炊事班長瞪大眼睛，半晌沒能説出來。

「起來走吧，」指導員説，「以後不僅要把訓練搞上去，三連吃好吃壞全憑你。你要安心工作……別的事，你和誰都不要講。」

炊事班長遲疑地站起，僵住，盯着指導員的臉，又瞟着桌上的錢。

指導員説：「走吧，錢放這兒，只要把飯燒好……」

炊事班長便走了，擦着連長的身子。指導員忽然發現他很高，背駝了還高出連長半個頭，炊事班的鍋台也無非到他大腿根。他在炊事班幹了近五年，入伍時十八歲，眼

下二十三。二十三就駝背了，要再燒五年飯，也許他背會彎成一張弓。連長一直目送他走到屋門外，回過頭來說，打死他都不會偷槍的。

指導員說憑良心也該轉他為志願兵。

連長茫然地望着桌上的錢：

「這咋辦？」

指導員說：

「你收起來嘛。」

連長說：

「我不要。」

指導員說：

「放那裏，槍找到了我們好好吃一頓。」

連長問：

「要找不到呢？」

彼此又陷入沉默裏，如又掉進一湖深水中。屋外夜色茫茫，屋裏燈光黃亮。夜的遠處，遠極的哪兒，有細微神秘的聲音響過來。還有窗外吱吱咯咯的夏蟲聲，從窗縫擠進來，像細水流進屋裏哩哩啦啦響。連長倚在桌角上，指導員坐在連長的床沿上，沉悶像山如峀般擱在他們頭頂上。有隻老蚊子，飛着飛着竟落在燈泡上邊不再動。自殺了。命歸黃泉了。自己把自己烤死燒焦了。趙林盯着那蚊子，想，何必呢，又沒有到深秋，活着總比死了好。難道

你不知道那燈泡是六十瓦呢？點了大半夜，燈泡玻璃上的溫度至少有七十度，或者八十度，手一摸能把皮烤焦。他過去，伸手去燈泡上摸蚊子。焦蚊子從燈泡上像落葉一樣掉下來。屋裏有一絲焦燎味。

指導員說：「啥味兒？」

趙林說：「是隻蚊子燒死了。」

指導員說：「找不到槍咋辦呢？」

趙林說：「搜吧。」

指導員說：「老趙，我始終有些疑心。」

趙林說：「啥？」

指導員說：「城裏蔬菜公司的王會計，你們的關係到底到了哪一步？」

趙林說：「我他媽和她一清二白，高保新，我家裏有老婆孩子，我要和她再有那一腿兒事，你說我姓趙的還是不是人！」

指導員說：「真有那事也正常。人嘛，誰沒七情六慾？是他媽軍人，穿一身軍裝，就不能和真心喜愛的女人睡覺啦？我高保新沒碰上這女人，碰上了沒準我也把握不住自己哩。」

趙林來氣了，把拳頭連連砸在桌子上：

「指導員，老高，高保新，問題是我和她沒那一腿子，問題是我倆三天之前才鬧翻，問題是……」

沒等趙林把話說完，指導員高保新便如釣着了魚樣從床上彈起來。他說：「老趙，你和她吵架了？」

　　趙林洩氣地溜着桌邊滑坐到床沿上。

　　「吵架了。」

　　「哪一天？」

　　「前天裹。」

　　「在哪？」

　　「她來連部了，就在這屋裹。」

　　「趙林，」指導員往前走一步，臉上跳着興奮道：「你想想她會不會為了報復做出偷槍的事？」

　　趙林乜斜一眼高保新：「可能嘛？」

　　指導員說，你忘了，上個禮拜團裹召開緊急安全電話會議，傳達了三件丟槍傷人事件，其中有一支槍就是一個幹部的女朋友失戀後，在那幹部宿舍盜走的。指導員說，我也相信王會計不會為了報復你就到連部偷一支槍，你和她又沒有那關係，可任何事，不怕一萬，就怕萬一。如果真的是她呢？世界上，不怕女人哭鬧，就怕女人傷心。如果你趙林真的傷了人家的心，傷得又很深，傷透了心的女人就像被逼瘋了的……當然，說像被逼瘋了的狗有些不合適，可你別忘了兔子急了還咬人 —— 三連全連人都睡在床鋪上，要果真是三連人偷了槍，他們還能躺在床鋪上打呼嚕？可不是三連的人，三連以外的人又能是誰呢？

趙林被指導員説得在床上坐不安穩了。一開始，他臉上迷迷惘惘，又疑疑惑惑。指導員邊説邊往他面前挪動着，當指導員如開導孩子的家長，或者，如教導學生的老師，到他跟前問出最後一句話時，趙林二話沒説，騰地從床上立起來，從桌上拿起軍帽，轉身就往門外走去了。其模樣，完全如他已經知道槍是誰偷了，眼下正藏在哪哪哪。

　　指導員高保新望着出門的趙林説，「趙連長，咱雙管齊下。你到城裏找那王會計，我在連隊一個床鋪一個床鋪搜。」

　　説完，也跟着出門了。

第二章

4

事情複雜得如落進攪拌機裏的一團麻。

趙林果真去找了城裏蔬菜公司的王會計。

王會計名叫王小慧，簡稱為王慧，好像常言說的聰明、漂亮，指的就是她。今年不到三十歲，地區財經學院的大專生，一畢業就分到財政局裏當出納，因為長相好，文憑又不錯，財政局長總想讓她入門去做兒媳婦，纏纏繞繞，七折八騰，王慧竟然不同意。其結果，在財政局長休息之前，她被調到了連工資都將發不出來的蔬菜公司，從出納改為四處討賬的小會計。趙林就是這個時候認識的王小慧，其時南線的戰爭已向世界宣告結束了二年多，但零星的槍聲還不斷響起在中越邊境上。在軍營，某某部隊被拉到了南邊「輪訓」的消息會時不時地傳來傳去。因為戰爭，終未最後結束，社會上對軍人那澎湃的熱愛，也就遲退的潮水般拍打着此岸或彼岸。那時候，四年前的初春

裏，趙林剛調進三連當連長，事業的激情在身上變成沸騰的血，願望上不僅是要混到副營把老婆孩子隨軍調入軍營裏，工作安排到城市裏，而且他心裏明白，既然開拔到南線參戰的部隊不說是參戰，而說是「輪訓」，那麼呢，他和他所在的部隊已經「輪」過了，就再也不會輪到他和他所在的部隊了。既然部隊不會再去打仗了，你好不容易當了兵，千辛萬苦提了幹，死裏逃生從前線回到了安寧祥和的大後方，那為什麼就不能大幹一場呢？為什麼就不能由正連幹到副營、從副營幹到正營呢？難道團長、師長們生來就是團長、師長的命？他們不也都是從農村入伍到軍營，不也都是初中文化水平，而且，據聽說，師長連初中水平都沒有，小學畢業就到部隊當了兵，現在的初中畢業證還是通過什麼關係從老家的學校「補」進檔案的。那時候，趙林初到三連，熱血方剛，一身正氣，每天組織部隊訓練十二個小時，一心要在下個月團裏大比武中拿名次，目標是爭一保二，如果名列第三，就視為兵敗沙場，名落孫山。就在那段期間的一日下午，連隊正訓練戰術時，炊事班的給養員氣喘吁吁跑過來，說蔬菜公司來了一個人，要把連隊買菜的新自行車推走呢。說不讓推自行車，人家就把連隊的鍋砸了，讓三連一百多號人吃不上飯，喝不上水。

趙林問：「為啥？」

給養員說：「連隊欠人家三百二十七塊錢。」

趙林說：「還人家呀。」

給養員說：「賬上只還有四百多塊錢，還掉三百二十七，明天、後天連隊吃什麼？」

趙林說：「你這給養員，怎麼能不計劃開支呢，咋能讓伙食費入不敷出超支呢！」

給養員說：「連長，上個月連隊吃那頓排骨是不在計劃的，是你讓改善生活吃排骨。」

連長把胳膊在空中甩一下：「訓練強度這麼大，多吃一頓排骨算屁呀。」

給養員把頭低下去，「一頓排骨就吃了一百多塊錢。上星期你又讓加餐，讓連隊吃了一頓紅燒肉，一頓紅燒肉又是一百多塊錢。」

連長說：「我操，天下哪有又讓馬兒跑，又不讓馬兒吃草的事。」從地上撿起因熱脫下的軍衣，拍打着，趙林往連隊走去了。這就拉開了一幕悲劇的序幕，開始了一場愛情的征戰。從操場到連隊一箭之地，趙林三腳兩步，回到炊事班門前，果然看見一個人抓住自行車的前把，有兩個腰繫圍腰布的炊事兵拉着自行車的後座和座旁盛菜的鐵絲框，不爭不吵，就那麼僵持着，等他一到，那倆兵就鬆了手。鬆了手那推自行車的人反倒不推了，將自行車一紮，轉過了身。

竟是女的。竟漂亮。竟年輕。

趙林原來是準備大發雷霆，先發制人，說你行啊，竟敢到部隊來哄搶，不就是幾百塊錢嘛，你知不知道三連是什麼部隊？剛從越南前線拉回來，在那邊這個連隊有九人犧牲，二十四人受傷，現在熱血未乾，屍骨未寒，你就因為欠幾百塊錢來部隊搶起來。然後，把他嚇住之後，再說還錢的事，再推遲還錢的事。可是，竟是個女的，頭髮披在肩上，穿一件淺藍的風衣，高跟鞋有一寸以上，且臉是那樣的白嫩，眉眼是那樣的搭配，生氣時兩眉朝一起擠靠，倒有些像中學生被老師改錯了分數所受的委屈樣，叫他一下子在她面前說不出啥兒來。

趙林站到她面前，發現落日鍍在她臉上，使那張似圓又橢的臉上鑲着一層潤紅的光，且那光不因見了他趙林而增厚，也不因趙林來到而減薄。那光因為生氣已經凝在她臉上，如鑲在她臉上粉紅發亮的金。

她說：「你就是趙連長。」

他說：「是啊。」

她說：「我們蔬菜公司現在沒錢發工資，所有的伙食單位去買菜都記賬，又都不還錢。」

他問：「三連欠多少？」

她說：「三百二十七。」

他說：「你來吧。」

她就跟着他進了他宿舍，站在屋門口。他說你坐吧。她沒有坐，也沒有說謝謝，就那麼直立着，等着他還錢，他就從自己抽屜取出一個筆記本，從筆記本中取出夾在其中的二百一十元，又讓炊事班長的兵們從各自的津貼中湊了幾十元，把錢還她了。

　　她也就走了。

　　走到門口她又回頭問：「你們連以後不會再去我們公司買菜了吧？」

　　他說：「你讓去了就去。」

　　她說：「以後還去，每次都付現金，月底我們可以給你百分之五的回扣費。」

　　他問：「回扣是啥？」

　　她說：「就是把你們連在我們那兒花的總錢數按比例返還給你個人。」

　　他想了想：「有多少？」

　　她說：「每月總有二百、三百吧。」

　　他說喲，有這麼多。你回去跟你們經理說，不要回扣，讓他每月白送給我們連隊一頓排骨或者紅燒肉。又說吃排骨全連一頓得六十斤，紅燒肉一頓最少四十斤。她說你個人不要？他說我敢嗎？她說聽說你們部隊有些司務長、給養員和幹部就是這樣的。他說真的嗎？我沒那個膽。她也就去了，像刮來一陣風，涼爽一陣，風去了，趙

林就又回操場組織部隊進行連隊戰術中的翻越障礙了。其事情，已經過去，說說而已，然卻沒有想到，至來日，王慧果然送來了六十斤排骨到連隊。

那排骨已經剁碎，又鮮又嫩，紅紅豔豔如剛從樹上打下的一筐水淋淋的棗。那筐排骨擺在一輛三輪車的車廂裏，車廂兩邊豎着兩塊木牌子，木牌上貼了一副紅對聯，左邊是「軍民團結如一人」，右邊是「試看天下誰能敵」。騎三輪車的是一個中年人，王慧在三輪車的木牌後的邊旁鋪了一張舊報紙，直坐到三連炊事班門口才下車。

她說：「我們是來擁軍的。」

戰士們就又把趙林從訓練場上喚回了。

她說：「我們經理讓我來把擁軍排骨送過來。」

因為是擁軍，他就讓炊事班把一筐排骨抬走了，倒進淘洗池，說馬上燉了趕上中午吃。又把王慧和騎車的中年人迎進連隊會議室，讓了座，倒了水，說了許多軍民一家親的話。會議室裏掛滿了連隊的獎旗、鏡框和各種榮譽證書，還有獎章和獎盃，置身在那樣的環境裏，就像愛隨地吐痰的人一腳踏進了大賓館、五星級，人的素質會憑空高起來，覺悟會如氣球一般脹起來。王慧粗粗看了兼三連連史榮譽室的會議室，說我昨天有些不講理，請趙連長多原諒。趙林坐在對面桌前，隔桌相望說欠賬不還錢，是我們連的錯。王慧說解放軍是全國人民的學習榜樣，戰士們為

了保家衛國，遠離家鄉，多吃些禽蛋肉菜，其實我們錢都不該要。趙林說現在搞社會主義市場經濟，不要錢職工們怎麼過生活？

王慧說：「趙連長，你真能體諒我們老百姓。」

趙林說：「我們本來就是為了老百姓才參軍入伍、保家衛國的。」

王慧說：「我口有些渴。」

趙林說：「你喝水嘛。」

王慧不好意思地笑笑：「趙連長，對不起，我有些潔癖，不愛用公用杯子，能不能讓我到你屋裏用你的杯子喝幾口水？」

趙林就讓中年人在會議室裏吃着瓜子喝着水，又領王慧到了自己宿舍裏。到宿舍趙林忙慌慌地去倒水，王慧又說我不喝。

趙林問：「你不渴？」

王慧沒回話。趙林放下茶壺轉過身，忽然發現屋門被半虛半掩地關上了，而門後的王慧猛然間和昨日判若兩人，還是那身裝飾，臉上還是一層粉紅，然今日的粉紅裏沒有生氣凝止的亮，卻含着羞羞怯怯的光。她站在他面前，直盯盯地望着他，也直愣愣地瞟着他床裏牆上掛的一個金邊木鏡框。那鏡框裏是他二等戰功的獎狀書。

她問道：「你打過仗？」

他説：「三連五年以上的兵都打過。」

她説：「還是二等功？」

他笑笑：「是上級鼓勵我。」

她便從背後書包裏摸出一包東西，擱到他的床角就轉身走掉了。幾年之後，趙林回憶那場景，還記得她轉身走去時，頭髮在她肩上飄着擺一下，他看見了她細長的脖子像一條玉柱兒；還記起她因為急於出門，高跟兒的鞋跟絆着只有一指高的門檻，她趔趄一下，人就不見了，像一陣風樣吹走了。

趙林有些納悶，等她人影消失，從床上拿起那包用新手絹包着的東西，打開，看了，是一捧有些庸俗，卻也十分誘人香甜的巧克力糖。還有一封信。牛皮紙信封，信封裏的信紙上印有彩色的花和淡藍的枝枝葉葉啥兒的。上邊突兀地寫了一句驚天動地的話：

你要沒有成家，我願嫁給你。

5

也許離天亮距離不遠了，趙林騎着連隊給養專用的自行車，從營房出來，一直往正南奔，鏈條聲、吱唔聲凌凌亂亂，如鑼鼓弦子不要譜兒點兒亂敲亂拉樣。營院距城裏不到二十里，柏油馬路在星光之下呈出黑青色。路兩邊的

莊稼地，半人高的玉蜀黍旺生猛長，使空氣中堆滿了腥臊和清新。風從他脖子吹過去，倒如一井冷水從他心裏流過去。待二十里路騎過一半時，他開始懷疑指導員高保新的多疑多心了，丟槍怎麼會與王慧有關呢？她那麼單純，像沒有畫任何圖畫的一張脆白紙，像沒有見過刀子的一杆新鉛筆，像連隊裏那些當兵三年、沒出過營院，沒進過城的兵，她怎麼有能耐想到偷三連一支槍，坑害趙林一把呢？猛一想，三天前的確她是從你屋裏哭着出去了，眼紅着，肩抽着，出門時怕被兵們看出破綻來，特意洗了臉。洗了臉還把擦臉毛巾甩在了臉盆裏，讓洗臉水濺在你身上、床上和地上，以表白她心裏的怨恨和痛苦，可痛苦和怨恨真的就到了不偷槍就不能害你趙林的高度了？

　　趙林想，不可能，真的不可能，我趙林拉過她的手，親過她的嘴，也在一夜深處的公共汽車站牌下抱過她的身，可畢竟我趙林沒有最後主動去跨越她那最後的警戒線。就是她主動、甘願把身子給我時，我不是也同樣控制了自己，沒有讓她在那漩渦裏陷得太深嗎？

　　說起來，他們那第一次能雅稱約會的地方，不是屋裏，不是樹下，也不是河邊，而是她們那凌亂不堪的市場上、人群裏，腳邊堆滿了菜葉和大蒜大蔥頭。她給他寫了一封求愛信，這讓年過三十的趙林激動得一夜沒睡覺。三十幾年來，在學校，在農村，在軍營，就是當了軍官之

後，從來沒有哪個姑娘向他求過愛，也沒有哪個女人向他示過好。他知道他不可能和她結婚，他女兒都已經四歲了，都可以幫她娘到鄰居家借鹽討油了。他和她結婚那就是重婚罪。可她的信使他有了一種渴飲糖水般的甜蜜感。他把她給他的糖拿出一半分給了連隊的通信員、文書和副連長，另一半藏在了抽屜裏。然後，來日恰逢星期天，説要親自到城裏看看菜價，幫給養員規劃伙食，就和給養員到了城裏去。

在城裏，他被給養員領着，看了自由市場的蘿蔔、白菜、雞蛋、豬肉、豆芽、蔥蒜的零售價，一一記在一個小本上。最後，臨近午時候，他們到了蔬菜公司的集貿大棚裏。大棚在城裏二道街的最中心，四圍砌了立柱，柱間紮了葦席，頂上用白色塑料瓦板苫住，這就是蔬菜公司的陣地了。他和給養員走進陣地時，滿鼻子都是爛菜葉的酸臭味，能看見那烏黑發青的酸臭氣味和半腐半白的魚腥氣息在大棚內熱嘟嘟地飛。

他説：「這沒有自由市場的空氣好。」

給養員在他身後緊趕幾步説：「這裏是國營，買啥都不缺斤少兩呢。」

大棚內，説是大棚並不大，也就兩間房子寬，六間、八間房子長。兩邊各有一米高的水泥台，台上分蔬菜區、禽蛋區、肉類區和魚類區。他們就夾在那水泥台的中間

走。買菜的人你來我往，吵吵嚷嚷，如煮沸正烈的餃子鍋。開始趙林還真的注意着那台上的菜類和價格，可將到肉類區時，他就眼前花亂了，菜和價格都在他眼前模糊了。他看見王慧在肉類和禽蛋區的台中間的一張桌子前，桌上擺了一個算盤，一個計算器，還有專門點錢蘸水的海綿盒。這情景有些像他二十四歲當班長時，第一次回去探親，到他媳婦家裏去見媳婦馬英英，心跳得咚咕咚咕響，如許多小説中形容的像懷裏揣着一個奔馳的兔。給養員和他並着肩，不斷指着蘿蔔説，這裏每斤比自由市場貴半分；指着大蒜説，蒜比自由市場的賤五分，可這裏的大蒜壞的多，自由市場的大蒜又大又乾淨，問題是你買一袋大蒜回到連隊裏，會突然發現那袋蒜裏有一塊石頭或者一塊磚，那磚和石頭最少幾斤重。就是在聽着給養員如數家珍的介紹時，他看見王慧了。

王慧也看見了他。

有那麼一瞬間，他們都那麼僵持着。他看見王慧的臉上騰地掛了紅，且有油亮的細汗冒在額門上。好在他是結過婚的人。好在他是軍人，還是一連之長。身邊又跟了一個給養員。他把手伸進褲口袋，在自己大腿上狠狠掐一下，讓自己從那種激動圈裏跳出來，便大大方方朝王慧走過去，宛若在大街上碰到一個熟人，忙朝熟人走過去。

走過禽蛋枇子時，那些賣禽蛋的人都大聲嚷：「解放軍，過來買些雞蛋、鴨蛋吧，便宜哩。」

趙林就命令給養員：「你過去把雞蛋、鴨蛋價格記下來。」

然後，他就徑直朝着王慧的會計桌子走去了，臉上掛着笑，說生意好紅火。王慧沒回話，人卻慢慢從凳子上立起來了，把找人錢的手僵在半空裏。

趙林又望了一眼亂哄哄的人群說：「生意好紅火。」

王慧把額前的頭髮用手撥過去，也順手擦了額門上的汗。

她說：「今天是星期天。」

他說：「要天天這樣熱鬧，你們獎金肯定會比工資高。」

她說：「今天是星期天。」

他說：「謝謝你們給我們連送的排骨啊，肉真多。」

她動動嘴，什麼也沒能說出來。

他便望着她：「你到我們連，我又給你端瓜子又泡茶葉水，到你這你連一口水也不給我喝呀。」

她似乎這時才明白他來幹啥了，自己等着他來幹啥了。她從他的話縫裏掙出身子，忙把找人家的錢遞給提着幾斤肉的老太太，又向賣魚的一個婦女叫了一聲姨，交代

幾句，鎖上抽屜，就領着趙林往大棚門口的營業辦公室裏走過去。可到那門口時，她又羞羞怯怯立下來，輕聲說：「這兒不是說話的地方呢，你到我家裏去坐吧，騎車子也就五分鐘的路。」

他說：「算了吧。」

她說：「我家沒別人。」

他說：「我就幾句話。」

他們就跨過一堆蔥，站到了大棚牆下的一麻袋大蒜旁。大蒜的味道濃烈有力，刺得人鼻疼心酸。就在那一包包大蒜旁，腳下踩着白菜葉和青蔥葉，在那彌漫着刺鼻酸臭的場合氛圍裏，他對她說：

「小王，你知道我今年多大了？」

她像望着他，又像望着面前那一麻袋蒜。

他說：「我閨女都已經四歲了。」

她就徹底望着那一麻袋大蒜了。

他說：

「你是以為我是英雄才給我寫信的？」

她瞟他一下，又把頭勾下去了。

他說：

「部隊比我英雄的人多得很。你是大專生，參加工作一年了，咋和在校沒畢業的大學生一樣幼稚哩。」

他說：

「我就鬧不明白，一個人打過了仗就算他媽英雄了，算了英雄又有什麼可愛的。」

又說：

「你千萬別上宣傳的當。」

再說：

「你想想，我比你大九歲，再早生半年就是整十歲，合適嗎？」他還想接着說下去，說我很感激你，如果你願意，我們結不成夫妻，我可以做你哥，我一定會像親哥那樣對你好，像親哥那樣關心你，關照你。可待他把這些話在頭腦醞釀好時，她卻轉身走掉了。

沒言沒語走掉了。

走掉時他看見她擦了一把淚。

她擦了一把淚，一下把趙林的心擦得又冷又痛，宛若他的心被誰挖出來扔在雪地裏。邊上賣蔥賣蒜的人，都扭頭朝他看。不知道他們聽沒聽到他對她說的話，不知道他們認識不認識會計王小慧。望着她走去的身影，他發現她那天沒穿高跟鞋，穿一套緊身的藍布束腰工作服，人就忽然變小了，小得如一隻鴿子變成了一隻小雀兒，待那嚷嚷亂亂的鼎沸和買菜賣菜的人群把她淹沒時，他感到是他把她從岸上推進水裏了，心裏的酸楚和懊悔嘩啦一聲便湧上來了。更為重要的，原來她穿高跟鞋時，他以為她是腿短才要穿那麼一雙又尖又長的高跟鞋，今兒她穿了一雙平跟

鞋，穿了一條發白半舊的緊身牛仔褲，他發現她的腿修長得如兩根長勢良好的蔥。

我要是沒有成家就好了，我要還是單身一人就好了，就可以在這城裏成個家，和許多目光遠大的農民軍官樣，一下子把自己變成城裏人，再也不用為隨軍不隨軍苦悶無比，徹夜難眠了。他想如果自己的老婆就是她，王小慧，那我趙林在軍隊則是進能攻、退能守，毫無後顧之憂。有前途就往團長、師長上奔，沒前途，轉業到城裏，守着這麼個嬌妻小人兒，過舒坦輕快的小日子，也不枉這一世人生了，不枉自己從土地裏逃出來，到軍營的一場奮鬥了。

這是趙林有生以來第一次對婚姻的感慨和歎息。這種後悔莫及的懊悔自這一瞬間哐的一聲生出來，幾年過去就再也沒有從他頭腦裏再熄滅過。

6

自行車在趙林身下是越走越慢了。到了臨近城邊的護城河橋上，趙林終於翻身下了車。她怎麼會偷槍害我呢？這老高，疑心過重是所有政工幹部的通病哩。可他們還常把這懷疑一切說成是思想政治工作細緻入微呢。站到護城河的水泥橋中間，把車子紮到一邊上，身倚欄杆，望着白天發黑、夜間發亮的河裏的水，趙林覺得自己委實不該去

找王慧，更不該去質問王慧偷沒偷連隊的全自動槍。人家和你到底是什麼關係呢？夫妻？情人？狗屁。好友？戀人？也狗屁。兄妹？親戚？又不是。

那到底是一種什麼關係呢？自他們在那包蒜邊上分手之後，他們的關係就如一碗白開水，只是對他來說，那碗水在情況不明時，由她錯放了一撮兒過時的糖，回味起來有些甜，又有些時機錯過的酸；對她來說，是他往那碗裏投了半把鹼和鹽，回味起來，苦鹹又苦澀。她還是一如往日，每個月或半月給連隊送來一頓免費的排骨或者後臀肉，到連隊時說些軍民魚水情的客氣話，由炊事班或者連隊通信員，把她迎進連隊榮譽室，倒上洗臉水，泡上茶葉水，她洗了臉，喝了茶，問：

「你們連長呢？」

答：「訓練了。叫他嗎？」

她說：「我沒事。」

這也就走了。

春節時寄過一張賀年片，上邊未落款，只寫着趙林連長收，還寫着「軍民團結如一人，試看天下誰能敵」。可你能說這兩句普通而又著名的話就沒有別的含義嗎？一切都已過去了。如一場毛毛雨，地皮未濕就雨過天晴了。如刮了一絲風，還沒感到汗落風就止息了。如天上飄過一片彩色的雲，還沒變成虹就風吹雲散了。到第二年的春節

之前，她明明年前要過來送些擁軍肉，送擁軍肉是要和趙林，和別的連隊幹部見面的，可她還是通過郵局又給他寄了一張沒有落款的賀年片，他也就甘願繞行彎道地通過郵局給她回寄了一份減價的全是明星美女的大掛曆。

三天後，他們見面了。她和蔬菜公司的人來共同感謝軍營這風雨無阻的老客戶。一陣客套後，她從會議室裏走出來，說要去洗手間，趙林忙出來指着旁邊說，廁所在那邊。

她就往東走幾步，躲開會議室的人，冷不丁兒說：

「趙連長，我要結婚了。」

他愣了一下，跟在她後邊，站到老指導員的宿舍旁，問：

「和誰？」

她說：「還是他。」

他說：「誰？」

她說：「老局長的兒子。」

他臉上硬着笑：「那好呀，別忘了給我留些喜糖吃。」

她盯着他的笑，臉上板着木然和正經，用餘光掃了周圍後，將餘光收回來攔在會議室的門口說：

「趙連長，我聽你一句話，你說不讓我結婚我就不結了。」

趙林又把收起的笑僵在嘴角上：

「我只能管住三連的兵，我哪能管住你。」

王慧把所有的目光都收回來盯着趙林的臉，像要從那張臉上看出一些什麼來。

她說：

「你能管住我，我就聽你一句話。」

他不再僵笑了，正經說：

「你結吧，不小了。我女兒都已經將近六歲啦。」

她說：

「你把這話再說一遍讓我聽。」

他又說：

「你結吧，到明年也許你嫂子就該隨軍了。你公公是老局長，你也成了幹部子女，說不定找工作時還得求你哩。」

她把目光從他臉上收回了。收回目光，她抬起右腳，鄭重其事地在他左腿骨上踢一下，便轉身往連隊以東的廁所走去了。趙林沒有想到她竟然會踢他，會那麼下着力。因為痛，他差一點叫起來。提起左腿用雙手捂着小腿的正面骨，看着她拐過連隊宿舍的牆角後，他撩開軍褲看了看，看見了血水淫淋淋地朝下浸，把他的襪子紅了一大片。

忙把牆下的塵土抓了半把按在了傷口上，止住血，轉過身，他看見給養員拿了幾張發票等他簽字去走賬。給養員說：「連長，王會計是真心對你好。」趙林說：「滾！」給養員便轉回身往炊事班的方向去。走了幾步他又扭回

頭：「這發票呢，今天財務股就要下到各連抽查賬目哩。」趙林說：「拿來吧。」給養員又轉身遞上發票和準備好的筆。簽完了，他對趙林說：「連長，我啥都不知道。我誰都不會說。」趙林便在他頭上拍了一巴掌。

給養員走了，他又回到了軍民魚水情的會議室。

王慧那一天再也沒有返回來。

到夜裏，趙林獨自在自己屋裏喝了半斤酒，吐得滿屋狼藉，自己卻一點不知道，直至來日，通信員說他酒醉了痛哭流涕，一口一聲王慧的叫，他還批評通信員滿嘴胡扯八道，不維護連隊幹部的尊嚴和形象。

年前，王慧劈里啪啦結婚成家了。

年後，再來給連隊送回扣的擁軍排骨者，換成了一個中年人。她被調回到局裏上班了，不僅又回到了財務股，還當了財務股的副股長。

事情就是這樣，一切都平靜如水。趙林在王慧結婚之後，很長時間，再也沒有和她有過來往。其景象，實如一根接口本來就鬆的繩，被兩個人稍稍用力一拉，從那接口就又斷開了，各持着一段繩子踏向東西了。因時如流水，半年之後，似乎兩個人連手裏的繩子也都不知道扔到了哪裏去。唯一有些音訊的，是給養員有一天買菜回來後，對正去訓練場的趙林說，我在大街上碰見了王會計。連長說，碰見了？他說在十字路口碰見的。連長說，她還是那

樣吧？給養員説，她騎一輛嶄新的自行車。連長説，你快去買菜吧，今天連隊吃一頓紅燒肉。説完趙林便走了，可給養員在他後邊又追着説了句，連長，王會計讓我告訴你，説嫂子隨軍了，安排工作時讓你去找她。

趙林在大操場邊上立住腳，轉過身，眯着眼，看一會兒給養員，説：

「給養員，再碰見王慧時告訴她，説我趙林謝謝她。有空讓她到咱們連隊玩。」

王慧是再也沒有到過三連來。給養員也再沒有在街上碰到過她。這期間，趙林的連隊在師軍事比賽中獲總分第二名，營裏又缺一個副營長，團長已經跟他談話説，讓他準備到營裏當營副，快點把老婆、孩子的隨軍手續辦一下，正趕上女兒七歲讀書時，就到城裏去唸書。説到底，城裏的教學質量要比農村高得多。他也已經把這喜訊寫信告訴家裏了，讓老婆收拾一下家當，只要他副營的命令書一下，他就回去接她們娘兒倆。

可是，那副營長的命令下了之後，名字不是他，而是一個叫劉雙棋的人。後來他知道，那個只下提升命令，人不到位工作的劉雙棋，是師作訓科最年輕、職務上升最快的參謀，其父親是軍裏的副軍長。

趙林什麼也沒説，只讓新調來走馬上任的指導員高保新陪着自己喝了一瓶酒，仍然是酩酊大醉，酒醒時，高保

新說：「老趙，你醉得像是一頭挨了宰刀的豬。躺在床上哭哭啼啼，罵着說：『農民、農民——下輩子脫生成豬成狗我都不托生成人當農民！』」指導員說：「趙林，你酒醉了大罵農民有啥兒意思嗎！」趙林說：「我真這樣了？」指導員說：「我差一點給你錄了音。」趙林也就有些安慰了，畢竟酒醉沒有再念叨那個人，那個已為人妻的王小慧。他似乎已經徹底把她忘記了，連醉後哭訴衷腸時，也沒有再提王小慧的名。

一切都已徹底過去，他一心想的就是再提一職把老婆和女兒隨軍接過來。

可是，三日之前，王慧突然出現了。她像一陣風樣重又刮過來，仍然騎着那個豎有「軍民團結如一人，試看天下誰能敵」的木牌擁軍車，仍然送來一筐排骨和幾十斤的新鮮蔬菜。那一天，他也仍然是帶着連隊在操場搞訓練，走隊列。上一任的給養員退伍回家了，新任給養員是第一次接觸王小慧，第一次遇到地方來送擁軍排骨肉，他便慌慌忙忙地跑到操場上。彙報說連長哪，咋辦呢？我三天沒去他們那買菜他們就送來一筐排骨，二十斤青椒，三十五斤青菜和扁豆。

連長說：「退回去，那是回扣。」

給養員說：「人家說非要見你哩。」

連長說：「誰？」

給養員說：「是女的，叫王慧。」

連長說：「你先回去把排骨和青菜收下來，抓緊讓炊事班長把排骨整一整，今天中午連隊吃排骨。再告訴送排骨的人別着急，我把這個課目訓完立馬就回去。」

趙林是在給養員前腳未到連隊，他後腳就跟進連隊的。在炊事班的門口，他看見王慧和幾個炊事兵一道站在那兒，日光把她的臉照成淺黃色。她瘦了，頭髮也短了，人似乎比先前老了幾歲，看上去反倒成熟了，動人了。她上身依舊穿着蔬菜公司的藍布工作服，下身仍然穿着那條發白的牛仔褲，腳上穿了一雙跟兒不高的平絨黑布鞋，整個人兒，樸素，小巧，憔悴，如同生過一場大病樣，只是見了他，叫了一聲趙連長，臉上掛的那種裝出來的笑，還如先前她每次來時必說的軍民一家親的客套樣。趙林便批評炊事員們為啥不把王慧讓進會議室裏坐下來，為啥不給人家倒上水，連一點禮貌都不懂。

王慧忙不迭地說：「趙連長，你知道我不用公用杯子喝水的。」

趙林說：「那到我屋裏用我的杯子吧。」

到了那間一張床、一張桌、一把椅子的宿舍裏，趙林把椅子端給她，回身取過杯子洗一遍，再洗一遍，彎腰倒水時，王慧卻如上次踏進他屋裏一樣在門後邊，瞅着牆上那鏡框，她說，「趙連長，不用忙，我不渴。」

他說：「你坐嘛，喝一點兒。」

她便坐下來，把目光落在桌前牆上掛滿了的連隊實力報表和各種槍支武器登記的表格上。

她說：「我又回蔬菜公司上班了。」

他把那杯水遞到她手裏：

「真的？」

她看了看水上漂的茶葉問：

「這不是新茶吧？」

他臉上浮一層不好意思道：

「全連一百多號人，沒一個來自茶鄉的。」

她說：

「下次我來給你帶些好茶葉。」

他問：

「你有？」

她半冷半熱望着他：

「你忘了？我是局長家的兒媳婦。」

他知道她在譏嘲他，說：

「咋又回到蔬菜公司呢？」

她把茶杯放到桌子邊，又回來坐到凳子上：

「今天來就是問你一句話：你讓我離婚不離婚？」

他怔着：

「你說啥？」

她說：

「我想離婚呢。」

他說：

「你結婚還不到一年呀。」

她說：

「可我想離婚。」

他說：

「為啥？」

她說：

「不為啥。就因為我男人結過一次婚，可他先前沒有和我提過這件事，還因為……比來比去，他哪都不如你。我離婚是因為他，也有一半為了你。」

他嚇得朝後退半步，把身子靠在桌子上：

「王慧，你千萬別胡扯，這是部隊，可不是你們地方上，不是城市裏。」

她從凳上站起來，說：

「是我自己想離的 —— 行了吧？可我想知道你對我離啥看法。」

他說：

「沒看法。你離與不離都與我沒關係。」

她說：

「那就是不讓離。」

他説：

「真的。離與不離都與我沒關係。」

她説：

「有關係，實話説，我完全是因為你才想離婚的。」如同賭氣一樣，她甩出這句話，就從他屋裏出來了。出來了，反倒一臉平靜，如同什麼事情也沒有發生，如同果真到屋裏喝了一杯水，不渴了，就該出門返回了。

她竟然有些成熟了，他想她因為結婚，一下子變得成熟了，是一個成熟的人家的少婦了。

趙林沒有出門送王慧，很長時間呆在屋裏都如一段木椿兒。

7

她就這麼一個人，直倔，單純，成熟中還有些幼稚，説幼稚又那麼能夠決斷，那麼明白事理，她怎麼會想起去偷盜一支槍。她盜槍幹什麼？難道是為了陷害我，然後再給誰一槍嗎？給誰一槍呢？給我？她自己？還是她現在的丈夫？

想到她的丈夫，趙林心裏叮噹響一下。她説過她丈夫曾經結過一次婚，可和她再婚前也沒有告訴她。也許這就是萬事之源，是丟槍的最終緣由。趙林又從護城河上翻

身騎車往城裏奔去了。無論她偷沒偷槍，無論她想給誰一槍，他都應該去和她見一面。橫豎已經到了城邊上。

這是豫東平原上唯一的一座小城市，相對於趙林老家來說，街道乾淨，樓房林立，寬敞的馬路和馬路上通宵不熄的路燈，還有越來越多豎在路邊的廣告牌，這些城市的裝飾，在往日，他每看見一次，都產生一次神秘和豔羨，感到對它擁有的渴望會無可抑制地湧上來。那種希望成為這座城市一員的渴求，實在如一個少年渴望加入學校的球隊樣。然而，今夜他再次進入這座城市時，他卻對馬路、樓房、廣告沒有先前的那種親切了。他對它們瞧都沒有多瞧一眼睛，便徑直騎車奔進了光明路槐樹胡同9號院的一排房牆後，在昏黃的路燈下，對着那低矮的老房的後牆，連叫了三聲「王慧 —— 王小慧！」「王小慧 ——」然後又在一扇關死的小窗下面的牆上用力擂了幾拳頭。

可是，一切都已不再能夠來得及了。正是在他這急呼急喚中，事故或案件，嘩啦一下惡化了。一聲槍響，那座駐紮在這座城外的兵營，一個抖動，趙林統領的三連的下士夏日落便倒在血泊裏。人便死了。是年十七歲，年齡輕得如同蒲公英，正是人生中極好極好的一段兒。

王慧是在趙林在她家後牆上猛擂了幾拳之後，開始應聲的：「誰！？」

他大聲：「我 —— 三連連長趙林！」

很快，在有些古色古香的門樓下，隨着門響，王慧穿着緊身毛衣，披着外套出現了。她睡眼蒙矓，可看見趙林時立馬精神起來，揉揉眼，撩一下頭髮，盯着趙林問：「真是你呀？趙……連長。」

　　趙林朝她面前一豎，問：「實話跟我說，你拿我們連隊的槍沒有？」

　　王慧說：「啥？」

　　趙林說：「我們連隊槍丟了，鐵柄全自動……小慧呀，要是你拿了你趕快交出來。對我趙林再有意見，這種玩笑你可開不得。」

　　王慧有些氣惱了，「趙連長，半夜三更找我你就說這呀。」

　　趙林說：「你拿了你快些交出來，事鬧大了毀了的不僅是我趙林和三連，還有你王小慧。」

　　王慧說：「我心裏有你趙林趙連長，可我王慧心裏沒有你們連隊的槍。你要半夜來找我王慧是為了槍，你現在就從我家門口走回去！」她大聲說着，還用手指着趙林來時的胡同口。其結果，如同是因了她那一指，三個小時前，還跪在他面前的炊事班長，騎着二連的給養自行車，飛進了槐樹胡同裏，人未到王慧家門口，他就撕着嗓子喚：

「趙連長 —— 槍找到啦 —— 夏日落開槍自殺啦 ——
趙連長 —— 夏日落開槍自殺啦！」

他的叫聲在夜半，血淋淋一片灑在胡同裏。

趙林和炊事班長急慌慌騎車離開王慧時，王慧在他們
身後追着喚了一句話：

「趙連長，明天我就到街道辦事處去辦離婚手續啦。」

`

第三章

8

也許當真如高保新所說，沒有緊急集合就好了。原意是把三連官兵拉出營區，來個三公里越野，或五公里快速徒步，留下人員在全連檢查一遍。從時間推算，這支全自動還沒來得及移出營區，不定就在三連附近哪個地方埋着，或在豬圈邊的河裏沉着。然誰能知道，緊急集合的哨子一響，部隊未及集合完畢，槍便響了。

指導員的哨子是銅的，從他當了三連指導員，他便買了一個鷹牌銅哨子，以備連長不在，由他集合部隊時用。銅哨質量甚好，吹起來又尖利，又刺耳。在此之前，高保新用過一次，哨子一響，他的耳朵也嗡嗡鳴叫。指導員對連長說，我這哨子不錯吧。連長倒樂呵，說送給我吧，我就愛吹這種鷹牌銅哨，比我們村頭大槐樹上的老鐘還響亮。說那老鐘一響，三鄉五村都睡不着覺，那個時候奶奶的，隊長大事小事都敲鐘。指導員說你知道我這哨是

哪兒買的，專門讓人從上海帶來的。如此，連長便不再要這銅哨了。指導員總愛找機會吹這把銅哨，唸報紙、學文件、思想教育課。凡屬他政工的職責內，他總是親自集合部隊，親口吹哨子。這次，他用力吹響哨子，時候是在早晨四點四十分，一聲接一聲，如幾秒鐘後有地震，整個三連的房屋、設施都在哨音裏哆嗦着。連部的通信員、衛生員是提早起床的，指導員哨子一響，就直奔各排，通知排長說，快！快！二級戰備，緊急集合。二級戰備，緊急集合！

時候在秋末，天將冷未冷，還熱還涼，是部隊野外訓練的上佳時機，比如師演習，團演練，營連緊急集合，是兵營常事。尤其是在星期六。聽到指導員的哨子時，兵們都還沉在夢裏，一翻身下床，就有吵鬧聲：

誰他媽昨晚沒回來，讓大夥跟着活受罪！

幾級戰備？！水壺帶不帶？！

操！我的武裝帶放到哪兒了？

別吵！別開燈！快一些！

你這熊兵，要打仗敵人早到了你床前……

亂是亂些。要往日，連長在時，他會在各排寢室門口，掐着秒表扣分的。可今兒他不在，指導員自己違犯緊急集合不許開燈的軍規，突然到一排，啪一聲拉響燈開關，寢室立馬雪亮。所有兵的動作、表情就都擺在他眼前。

指導員要看哪個兵緊急集合有異常。

拉二排寢室燈⋯⋯

拉三排寢室燈⋯⋯

拉四排寢室燈⋯⋯

一無所獲，如突襲了敵人兵營，敵人早就撤走了。指導員讓文書站在兩排寢室前，看哪個兵走出寢室不一樣，然而哪個兵走出寢室都一樣，扛着背包繫扣子，繫完扣子正帽子，嘴裏嘟嘟嚷嚷，抱怨星期六也不讓睡個囫圇覺；說他媽的，誰把我的挎包背錯了，我的挎包是新的。指導員臉上陰着喪氣，回到連部門口，問有沒有情況？文書說看不出。接下指導員就立到路邊的曬鞋枮子上。那一行水泥曬鞋台，是讓曬鞋的，也是緊急集合時連首長站立的。每次他立在那台上，比全連人高出兩個頭，他的心裏就蕩漾愜意，彷彿登上了閱兵台。可今兒登上去，那愜意沒有了，臉上陰沉又陰沉，和沒了星月的夜色融一塊，看不出是夜色映在他臉上，還是他的臉照着這夜色，就那麼木站着，銅哨子捏在右手裏，僵僵呆呆，心裏跳出噹噹聲。

各排長把部隊帶到了他面前。

一排長向他報告。

二排長向他報告。

三排長向他報告。

四排長向他報告。

「炊事班呢？」指導員問。

「還沒到。」副連長答。

「通知他們不要帶炊具。」

副連長跑步到炊事班。炊事班紮在連部後面一排房子裏，副連長還沒拐過房角，一下呆住了，直直地愣着不動。

指導員風般朝炊事班刮過來。

就這個當兒槍響了。聲音悶極，彷彿槍口是緊挨靶子的，子彈出膛便進靶。然這聲音比清脆響亮更駭人。指導員高保新，是參加過戰鬥的，槍一響便知道事情不得了，知道事情出在炊事班。事也果然，待他跑過去，炊事班長和炊事班的五名戰士，背鍋提筐，手提戰備木柴，擠在炊事班倉庫，各人臉上都硬着愕怔，圍成半個人圈。

倉庫是炊事間的一個小套屋。以後炊事班長對專案小組敍述說，緊急集合的哨子一響，他就從床上跳下來，他說他那夜肚子不好，跑了兩趟廁所，就乾脆穿着衣服睡覺了，說他跳下床，拉亮燈，發現夏日落不在床上。說夏日落是他從廁所回來時起床的。那一夜夏日落睡得很早，熄燈號沒響他就上了床，把頭蒙在被子裏。他睡覺總是把頭蒙在被子裏，像是怕見人，入伍十個月，夜夜蒙頭睡。炊事班長說，這小夏為人誠懇，做事內向，最不愛說話，一個人默默想心事，不像別的城市兵，以為自己是城市人，了不得了了不得。而且小夏是考上大學的，分數過了線，

但不知為啥學校沒錄取。他說我們都敬着夏日落，儘管他靶子打不準，隊列走不好，但我們知道只要他考軍校是一考就上的，所以他想心事時候，我們讓他想，從不打攪他。我們炊事班全都初中沒畢業，檔案上都是高中生。我也是，小學畢業，給民兵營長家送了幾斤紅棗，我入伍就成高中了。我們知道夏日落和我們想的不一樣。那一夜他睡了，後來他又起床幹些啥，回來就一臉蒼白，我說你病了？他說沒病，就頭暈。我說去找衛生員要兩片藥，他說不用，睡一覺就好，他就又上床蒙頭睡覺了。緊急集合時他床鋪空空的，我一出屋見他獨自坐在門外地當央，木呆呆像得了瘟病的一隻雞。我說夏日落，緊急集合啦，他不理我，我過去提着他胳膊，才知道他軍裝很潮濕，想必他在天底下呆了很長時間呢。我說連隊吹哨你沒聽見？他依然不理我，回身進屋打背包。他背包打得慢，也鬆散，像是搬家那樣隨便捆一下。大家把背包打好，到炊事間把戰備鍋、戰備筐、戰備袋、手搖鼓風機，雜七雜八全都拿出來，在門口站成一隊時，他才從屋裏走出來，兩手空空的進了炊事間。我們都有分工的，緊急集合除了背包，要扛很多鍋碗瓢勺啥兒的。他是新兵，身子弱，分工他緊急集合只背一捆燃煤的柴火就成了。柴火很輕，一捆不到二十斤，就放在倉庫裏，平時捆好不解開，放在那專等緊急集合用。我們站好隊等他拿柴火，還讓副班長把他的背包提

出來，待他一出來扛上背包就到連部門口去。每次緊急集合炊事班總比班排慢，因為我們要帶的東西多。副班長去提他的背包時，嫌他捆得鬆，還在他床上將他的背包緊了緊，又從他床下拿出一雙解放鞋，塞到他的背包裏。可沒等副班長把背包提出來，槍就響了。槍一響，我們就跑到倉庫裏，夏日落就躺着不動了，槍丟在一邊。槍上還有大米粉，槍機那裏還夾了兩粒米，想必那槍是埋在倉庫的米池裏。米池很大，米滿着，他埋得很深，往戰備鍋裏挖米時，我們沒有發現槍。誰也想不到他會偷槍，會自殺。不知道他哪兒想不開。我們都從農村來還活得好好的，他是大城市的卻死了。不知道他哪兒想不開，想考大學能考上大學，想上軍校第二年就能考軍校。不上學、不提幹，退了伍回家有工作，好好幹，入個黨，到城市安排工作還優先。不知道他哪兒想不開。在連隊他訓練上不去，連隊照顧他，把他放到炊事班。在班裏他年齡最小，個子最小，文化最高，髒活重活都不讓他幹，可不知他哪兒想不開。他從來沒說過。我們都從農村來還活得好好的，他卻自殺了。

料不到偷槍的會是夏日落，料不到夏日落會自殺。誰都不知道他為啥自殺。是年十七歲，年齡小小，憂慮全無，是人生光景中最潔淨的一段日子，可自殺的偏偏就是他。那時候，指導員首先衝進炊事班倉庫，撥開炊事班的兵，說：

「出了什麼事？！」

炊事班的兵説：「夏日落開槍自殺啦！」

跟着副連長衝進來。

「發生了什麼事？！」

「夏日落開槍自殺啦！」

一排長跑進來。

「什麼事，什麼事？」

「夏日落開槍自殺啦！」

三連一百多人圍過來，都問出了什麼事，都答說夏日落開槍自殺啦。三連還沒從自殺的震駭中醒過來，還未及把自殺同生命連起來。如地震突來，樓板砸在頭上還不明白是地震。炊事班裏外，哄哄一片，外邊的人朝裏擠着看究竟，看到究竟的人朝外擠着講究竟。指導員木在夏日落的頭邊。夏日落倒在米池旁，頭北腳南，直躺着身子，臉扭向一邊。子彈是從前胸進去，從後胸穿出，又擊中倉庫的後窗框。紅漆窗框被鑽出一個洞，有極淡一股木香味和血味混攪着。倉庫燈光亮極，高保新的臉上硬出蒼白的死色，和夏日落的臉色一樣，彷彿死掉的不是夏日落，而是指導員高保新。

不知道是誰在人群中冒出了一句話。

「趕快抬到營部衛生所！」

這話把指導員喚醒了，使他一下又進入到十餘年前南線戰爭的境況裏。他望着戰士仍大聲問，「誰知道常給連隊送排骨的王慧家在哪？」炊事班長朝他面前擠了擠，因為連隊出了血案，因為就出在炊事班，他身上忽然就沒有不久前下跪的萎縮了。「我！」炊事長大聲說，樣子似乎是終於找到了一次立功的機會樣，他說，「指導員，我知道王慧家在哪，我和老給養員一塊買菜去過她家裏。」指導員便急令他趕快去把連長找回來，便又極熟練地如在戰場上扛傷員那樣，彎腰把夏日落扛在了肩膀上。血從他的脖子流入後脊樑。他感到後脊樑冰着一般涼。營衛生所在營部前的一排房子裏，距三連炊事班不足二百米。這二百米指導員緊跑着，三連所有的人緊迫着。腳步聲響亮雜亂，一連二連有兵披着衣服立在寢室門口看。

正是黎明前的那陣黑暗時，一切都被暗夜包裹着。指導員將夏日落背到衛生所時軍醫已經被人先行喚醒了。他把夏日落放在軍醫的睡床上。軍醫說這是我的床 —— 別讓血流到床上去。那有救護床。他又將夏日落抱到衛生室的救護床上去。

軍醫開始給夏日落進行簡易包紮和搶救。

指導員在軍醫身後長長出了一口氣，才發現自己全身汗濕了，且那個銅哨還捏在自己右手裏。他抬手看一眼那

哨子，銅哨的風道被夏日落的血給糊死了，便習慣地如甩口水般甩了一下那銅哨，又習慣地將哨上的血跡口水般地在身上擦淨後，忽然想起什麼似的，猶豫一下，出門把那銅哨一揚手，竟就扔出了老遠去，像扔一樣不吉利的東西呢。他聽見那銅哨在夜空中被風灌進哨口的淺鳴聲，聽見哨子落地時的叮噹聲。夜色茫茫，獨自立着，身上打了一個寒顫，他知道他的一切，前途、命運、希望，都要隨着這一聲槍響改變方向了。時間快疾地過去，他不知道在門外立了多久，又回身擠進衛生所的衛生室，把頭擱到軍醫肩膀的上方望着夏日落，極小心地問軍醫：

「有救吧？」

軍醫比他早當五年兵，是副營職少校。

「你還不快打電話到團衛生隊裏去！」

指導員忙不迭出來了。正要回到連隊打電話，看見連長瘋了樣騎着車子回來了。

9

夏日落死了。

夏日落是由連長趙林送到團衛生隊的，把指導員留在連隊守家，可由他把夏日落送來不久後，夏日落就悄悄然

然死掉了。死在衛生隊。早晨五點二十分從救護車上抬下來，送進急救室。衛生隊人員全部出馬，藥品、器械、血液等，在轉眼之間就兵荒馬亂地準備完畢了。救護室的門嚴嚴關着，隨車來的連長、衛生員，都被隔在了室外邊。

十分鐘後，衛生隊隊長從急救室裏走出來，望着趙林肩上的軍銜説，你是他的連幹部？

趙林説我是連長。

人早就死了，你還送來幹什麼？隊長半呵斥半解釋，説軍事幹部難道連這都不懂，子彈打在心臟上，人馬上就死亡。説你們快回去準備安葬吧！

衛生員留下守屍體，趙林折身回連隊，去是坐衛生隊的救護車，回來是步行。其時東方已經紅亮，太陽燦燦一圓，從地平線上跳蕩出來。豫東平原的秋後，莊稼大都收割已畢，放眼是無際的開闊。馬路上車少人少，日光如流動的金水。遠處的薄霧，在日光中呈出銀白。鋪在田地中的玉米稈兒，彷彿要溶化在光裏，顏色暗黃暗紅。光禿而寒涼的田野，散發着深秋的甜味。漸漸清澈如濾的空氣，使得平原慢慢擴展得廣漠無邊，似乎一切都朝遠處飄去，也召喚着人心到大地的金亮邊沿上，去觸摸那粉亮的暖氣。在這個時候的風景裏，趙林忽然心頭有了輕鬆，如不該來的人突然來到了，來到了你便得面對他，接待他。一

夜的緊張，在這闊亮的風景中，緩緩地散淡。人是死了，無可挽回了，剩下的是如何收攤子。正如下棋，真正輸了，要比難輸難贏的僵持使人輕鬆得多。

反正夏日落已經死了。

死了也就沒有辦法了。

你趙林下一步怎麼辦？

我不知道怎麼辦。

那你就任憑發落嗎？

能把我發落成什麼樣子呢？

那要看夏日落為了什麼原因去自殺。

我有責任，但也許沒有直接原因。

人畢竟死了，就這樣也得降你職，處理你轉業。

正走着，趙林身上顫了一下，他把步子慢下了。要再降一職他就是副連，再處理轉業他一切就完了。他本來已經副營了。二年前就是副營長。副營長已經當了半年零七天，家屬隨軍的手續正在辦，辦完他一家就再也不是農民了。就這個時候，他回家接老婆，見老婆扯着女兒在村頭車站等着他，肚子鼓鼓的。下來汽車，他盯着老婆的肚子看，老婆朝他笑了笑，說我又懷孕了，就你上次接兵路過家。他很掃興地提着行李往家走，說懷孕了還不趕快做掉，老婆說人家說是男娃。他突然立住，誰說是男娃？縣醫院。醫生說？機器照的。他又起步往家走，夜飯沒有

吃，睡下也沒動老婆，可到下半夜，他冷不丁從床上坐起來。

「喂，確真是男娃？」

老婆也沒睡，「確真是。」

「那你抓緊生。生出來把他戶口轉出去。」

「女兒呢？」

「留在家讓她奶奶偷養着。」

「那就苦了女兒啦。」

「誰讓她是女娃兒。」

老婆就生了。老婆又生了個女娃兒。老婆生完辦隨軍手續時，被管計劃生育的幹部知道了，三天不到，來了一紙命令，他由副營降為正連職，取消老婆隨軍資格。接到降職命令時，他什麼也沒說，回去抓住老婆，揚起右手，極想給她兩耳光，再給兩耳光，可揪住老婆的衣領時，心一軟，他手又鬆開了。到夜裏，他想一腳將老婆從床上踢到床下去，最後卻只是坐在床頭抽了一支煙，把枕頭一下摔在腳地上。現任團長是他參加南線戰爭時的連長，團長找他談話說，你那麼想要男孩子？他說你們城市人，不知道男孩對農民多重要。團長說還有啥要求？什麼也不想了，他說我將功折罪幹，把三連帶成全優連，有機會還把我弄成副營長，我把老婆孩子的戶口轉出來。團長說你幹吧。他回到三連，一幹就是三年，三連果真成為全優連，

然這三年幹部調整齊全，全團沒空下副營職的位。追星趕月熬到這時候，才聽說營連幹部要調整，夏日落卻不明不白自殺了。

他的一切都完了。

夏日落你害了我趙林！

太陽已經升起很高，光芒一杆一杆照着他。馬路上汽車多起來，轟鳴聲把早晨的清靜攪得極渾濁。上班的人成群地從他面前走過。他忽然覺得很孤單，彷彿一個人守着一條被打得殘斷不堪的戰壕。他知道這戰壕他守不了太久啦，很快會落到敵人手裏去。他也會落到敵人手裏去。寂寞使他無奈，他不想再打了，他想束手就擒，把戰壕讓出去。那時候，也許敵人可憐他，興許會放他一條生路。會的，人總有同情心。他就有。他想打老婆兩耳光，把老婆踢下床時，老婆便哭了，他便仰在床上歎口氣，反倒又給老婆說了許多寬解的話，去替老婆燒了一頓飯，把飯碗端到老婆的面前去。是的，人怎麼會沒有同情心？就在他這麼想的時候，指導員騎着車子，夾在人群中走過來，到他面前突然剎了車，說老趙，我就是去接你。

趙林收住步子，望着高保新臉上的平靜。

「夏日落死了。」

高保新調轉車頭。

「知道啦。團長、政委、營長、教導員都在連隊，要你我彙報情況。」

趙林說走吧，我來帶你。高保新推着車子，說走走吧，抄近路，我來接你就是想和你走走。於是，他們從馬路拐入一條小道。小道沿着一條小河朝前伸。河水乾了，河底枯裂。小路又窄又直，像繃緊的皮條，路上枯萎的乾草，被露水潤了一夜，軟軟綿綿，很有韌性。偶有未及消失的露珠，不斷打在他倆的腳上，鞋都濕了，陰陰的涼。太陽卻在他們臉上曬出溫熱的舒適。他們誰也不說話，並着肩走，路窄了趙林就走到河岸上，不時把碎土蹬掉一腳。有麻雀從頭頂飛過，落在乾河邊的柳樹上叫，音色很脆。

趙林說：「真他奶奶倒運！」

高保新扭了一下頭。

「剛才才知道，營連幹部這月就調整。」

趙林放慢步子。

「夏日落害了我們。」

高保新也把步子放慢。

「本來團黨委這次計劃把你我都要動一動。」

趙林立住了。

「現在呢？」

高保新立住了，說現在……他說了半句，又推車往前走。趙林跟在他身後，說夏日落害了我們倆。高保新說人死了，再說也沒用。現在事情明擺着，不管他是什麼原因死掉的，人是死了，我尋思留給三連的，要麼是你我各記過一次，或各降一職處理轉業，把正連位置讓出來；要麼是你我由誰把責任多擔些，記過降職一人全擔了，再讓組織處理轉業，這樣倒能保全一個人。高保新這樣說時，不停地走路，臉直直地挺着，太陽把他的臉照得亮堂，有一種紅豔的光彩。

　　四野無人，就他們兩個。陽光在田野上，不再像早先那麼清麗，顯得有些黏稠，如一團黃水。有狗在地裏跑來跑去，相互撕咬，叫聲傳出很遠。營房已經能夠看到，紅房子在遠處如一塊塊髒舊的紅布。趙林不知道高保新後邊的話是啥含義。搭夥計當然要有難同當，責任分到兩個人肩上自然都小些，要一人擔責任，那奶奶還算啥夥計，啥朋友！不消說也是人命案子出來了，便是償命也連長、指導員並肩上。然指導員的這個話，使趙林一轉念，覺得也在理。比如他高保新把責任攬下來，只消說夏日落這件事情全在我，是我思想工作做得不細緻，他交了三份入團申請書，還沒輪到他入團，他一時沒想開，我又沒及時找他談心，他便盜槍自殺了。就說這麼幾句話，我連長就可以解脫了，興許這樣，團黨委還真的能繼續考慮晉升我為

副營職。退一步說，即便不晉職，我也已軍齡十四年，不讓我轉業，再熬到明年底，也就符合了幹部軍齡十五年，家屬可以隨軍，農業戶口可轉為非農業戶口那條要命的軍規了，我趙林也就一樣可以把老婆、女兒從農村帶出來，讓她們成為城鎮居民了。心裏轉出這念頭，趙林身上驚一下，眼巴巴望着走在前面的高保新。

「指導員，難道處分了我們就一定要轉業？」

「處分了我們還讓我們佔位置？我們轉業了，一個營的副連、正排流動就活了。」

明擺着，我趙林是受過降職處分的人，這次再受處分，部隊死也不會再留我。我走了，副連長可以頂上來，副連長工作也便心安了。副連長騰了位置，一排長頂上他也心安了，這樣三連的幹部棋盤全活了。然我走了我一生全完了。一家幾口全完了！你趙林經不起這個處分了。你不像指導員，老婆是城裏人，岳父是副縣長，不需要想老婆孩子的戶口啦。可你趙林不行。要指導員把這個責任一攬就好了，事情便有轉機了。你得和指導員說一說。他會同意的，就是求他也要說一說，事關全家人的後半生。

趙林步子加快了。

「我說指導員……」

高保新突然收住步，轉過身，望着趙林，眼睛飄移不定，彷彿不敢和趙林對臉看。

「老趙……我想和你商量個事。」

趙林盯着高保新的臉。

「你說吧。」

「成與不成你別生氣。」

「你說就是啦。」

「你不是想把老婆孩子的戶口弄出來？」

「對。」

「我說這事不難辦。」

趙林眨了一下眼，眼睛瞪大了。

指導員說：「大不了花三千五千塊。」

趙林問：「錢從哪來？」

指導員說：「我給你五千。」

趙林把腳向前動半步：「你把話說清楚。」

指導員說老趙，我不隱瞞你，今年團裏讓我到三連當指導員，就是想讓我熟悉一下連隊，準備越級一次調到教導員的位置上。你反正已經有過一次降職處分了，把夏日落死的責任攬下來，大不了他再記你一過，降你一職，讓你轉業。你轉業了我給你五千塊錢，你照樣能把老婆的戶口弄出來。有錢沒有辦不成的事。

趙林臉上猛然掛了一層笑。

「五千塊能辦三個農轉非？」

指導員臉上急出一層黃。

「我家就存了八千五百塊，你要全給你。」

趙林把笑收起來。

「我早就知道你想當教導員！」

「你反正沒有前途了……」

「你要我怎麼說？」

「我已給營、團黨委說過了。」

「說什麼？」

「我說夏日落有三條死因，一是上一周他隊列走不好，你批他過分嚴厲了；二是連隊行管不細，槍庫窗子插銷沒插結實，分管行管的幹部也沒檢查；三是我思想工作沒跟上，和夏日落談話的次數還不多。」

「老高，」趙林死死盯着指導員的臉，目光黑硬，嘴唇呈紫，「我批評過夏日落？」

「老趙，」指導員目光極軟綿，「與其害了咱兩個，不如害一個，橫豎你受過處分了。」

趙林說：「你把我看錯了。」

指導員說：「你好好盤算一下，給你一萬塊錢行不行？」

趙林說：「高保新——我愛財。可我不忍看着你比我活得自在，咱都是從農村入伍的，你憑啥在這個時候踩我一腳呢？」

指導員說：「老趙，算我求你還不行？」

趙林說：「走吧老高，都是黨員，要實事求是。」

話落音，趙林真走了，步子快極，如昨夜從操場回連隊。太陽把他的影子投到身後，又怪又長，如一條黑布。指導員在他身後趕不上，便騎上自行車，追到他身邊，說老趙來坐上。趙林沒扭頭，說你走吧你。指導員說我專門來接你，團長政委等着呢。趙林便坐上了自行車，太陽把他倆的影子揉成團。指導員的車子騎得很熟練，一會兒就到了營區前，他說老趙，我說的話你再想想。趙林說我正想着，有一點你放心，我不會陷害你，可你也別打算陷害我。

第四章

10

趙林和指導員高保新被送進那間四壁空空的小屋，是團長找他們彙報夏日落事件以後。那間小屋潔淨素雅，原是騰出來做二連圖書室，後來就關了三連長和三連指導員，成了禁閉室。

事情是在吃過午飯，團長說趙林，你來一下，便如牽羊般將他帶到了那間小屋。小屋暗淡，僅一扇小窗，還掛着一條布簾。屋裏有兩張椅子，一個空的書架。團長進屋鎖了門，拉亮燈，坐在一張椅子上，說你也坐。趙林就坐了。

「你和我說的都是真的？」團長問。

趙林說：「團長，你連我趙林也不信？」

「你把詳細情況說一遍。」

趙林沉默了一陣，如述說一件日常事情樣，說夏日落是極內向的人，我接的兵，到過他家。他爸是小學教師，

媽是環衛工人，每天早晨四點鐘起床掃馬路，掃了三十八年。他有三個哥，一個姐。姐嫁了，一個哥當建築工人，兩個哥待業，做個體戶賣零七碎八。夏日落大學沒被錄取，是到部隊求謀前程的，比如考學提幹入黨啥兒的。然考學又有新規定，考生必須是連隊骨幹，像班長副班長，可他又打靶不及格，隊列走不好。我死活不明白，那麼聰明利落的兵，又是從省城入伍來的，竟不會用三點成一線，十發子彈打不夠三十環。到炊事班是他自己向我要求的，這一點我向你團長起誓。當不了骨幹，他也就斷掉了考學的念頭。很自然，城市兵在部隊入個黨，回去工作就好安排了。不消說，要入黨就得先入團。他寫過入團申請書，是通過炊事班長交給指導員的。別的連的團員工作，都由排長管，我們三連的由指導員親自管。指導員說得有道理，黨員團員要重點發展班排的訓練尖子，以促進連隊的軍事訓練，所以上周發展了一批團員，共三個，沒有夏日落。夏日落是他們這批兵中唯一還沒入團的，不消說是因為一時想不開，以為自己前途無望了，加上指導員工作忙，又覺得入團不比入黨，沒及時找他談話，他就盜槍自殺了。

團長拿個茶水杯，在手裏慢慢轉着問：

「你有責任沒？」

「當然有。我是連長，責任不能推卸。」

「什麼責任？」

「指導員忙，我也應該抽空找夏日落談談心。」

「還有呢？」

「重軍事訓練，輕行政管理。槍庫沒裝鋼筋，我跟後勤說過三次，他們沒來裝，我也沒再催。」

「跟誰說了？」

「營房股的張助理。」

「張助理還在嗎？」

「年初轉業了，你知道。」

「什麼時候和張助理說的？」

「他轉業前。」

「他轉業以後你為什麼不再向後勤說？」

「我的教訓就在這兒。我以為張助理轉業了，會把沒幹完的工作朝下移交的，誰知道他這麼不負責。」

團長他手裏的杯子不轉了。

「趙林，你知道你們三連死個人，對全團的工作影響有多大？！」

「知道，團裏三年內不能被評為先進團。」

團長說政委是全師最老的團政委，軍裏剛有意思提拔他為師政治部主任，解決一個副師職，可這下全完啦。政委為這個副師在團的位置上兢兢業業幹了十四年。十四年和你的軍齡一樣長！政委聽說三連死了人，氣得淚都流了

出來，一見我第一句話就是，團長，我該下台了，該把位置讓給別人啦……

趙林勾頭不說話，他猛然警醒，夏日落的死，被牽涉的不僅是他和指導員，還有營長教導員、團長和政委。想夏日落呀夏日落，大傢伙哪兒對不住你了？有什麼事情想不開值得你去死？勾着頭，趙林看見自己腳邊有個黑螞蟻，叼一片白紙爬得很快。把目光落到螞蟻上，他忽然奇怪，這麼小的螞蟻，竟能拉動那麼大的一片紙，力氣從哪兒來的呢？團長在屋裏轉圈子，彷彿有個什麼主意拿不定，腳步細碎輕慢。他轉到窗前，撩開窗簾朝外看，日光立馬射過來，晶晶瑩瑩一條兒，如一塊燈光照射的亮玻璃。螞蟻拖紙的聲音，在這條日光中響得單調而脆亮。

團長蓋上窗簾轉過身。

「趙林，你打算怎麼辦？」

趙林抬起頭。

「團長，我是你帶的兵。一九七九年又和你在一條戰壕中滾了六個月，你說我該怎麼辦？」

團長把茶杯半扔半放擱到窗台上。

「我讓你打份辭職報告，要求轉業！」

趙林肩頭顫一下，把目光放到團長的臉上去。團長的臉色青硬，如一塊冰涼的石板，有股冷氣從那石板上散發着，小屋一下寒起來。看出來團長是決心下定了，不可更

改了。趙林先還覺得團長還有餘溫可熱，這會兒他知道團長寒盡了，也使得他猛然感覺到路途已盡，前面是冰山冷海，無路可走了。他又哀又涼地盯着團長看，小心小膽地試着團長問：

「我走了三連交給誰？」

「三連解散。」

「解散？」

「解散。最近有文件，一部分團級編制調整，每個步兵營抽調一個連，組成一個炮兵營。你們一營就調你們三連。」

「是整連抽調，編制番號都不變？」

「兵種變了，還有啥番號，所有連排解散，以班為單位重新組建。」

「就是説一營三連從此沒有了？」

「永遠沒有了。」

「指導員怎麼辦？」

「想轉業讓他走，不想走到新建營考驗。」

「給他啥職務？」

「你問這幹什麼？！」

趙林覺到問話失口了，心中一怔，猛想起昨夜炊事班長在他面前跪下來，他便彷彿從凳上突然滑下樣，竟冷不丁兒屈膝跪到了團長面前。然而跪下了，他又猛然後

悔，自己畢竟是一連之長，有十四年軍齡，跪下了反遭團長厭惡，反被團長瞧不起。一瞬間，他想旋即從地上站起來，筆直立到團長的面前。可那一會兒，他的雙膝硬木頭般敲在地上。水泥地又涼又硬，有很悶很木的聲響。來不及了，已經跪下了。既跪了，就屈辱到底吧。人都有同情心。十餘年前的南線戰爭中，第一批評二等戰功中沒有他，那時的連長看到他有封家信說，他母親在病床上日夜不吃飯，就動員一班班副把戰功的名額讓給了他。老連長說這個立功指標給你啦。他說這不好。老連長說一班副他爹是公社書記，退伍回家有工作，有飯吃，功給你，戰後有機會提幹了，你就有了條件了。說提了幹，一輩子你就有飯吃啦。他說一班副沒意見？連長說一班副戰後想的是退伍。後來他提幹果真仰仗了一班副讓出的那個功，而一班副偏又因有功讓功又立功，也提幹調進機關了。

眼下，一班副就是他的政工搭檔高保新。老連長是他的團長，專案小組長，想必跪下了團長他不會不理解。趙林像昨夜炊事班長跪下望他那樣望着團長，說團長，我求你不要解散三連，三連要不是夏日落的死，哪都不比一連、二連、四連差。你真下決心解散三連了，你把我留下來，給我記個大過，讓我戴罪到炮營。我當過炮兵，三年內我再給你整出一個好炮連。

這一番話趙林說得很流利，如爛熟於胸背課文，還沒等團長從他跪中醒過來，他就嘩嘩說完了，兩眼哀哀盯着團長的臉。

團長吼說你有話站起來說！

他說我不知道該怎樣讓你相信我。

團長說你要再帶不出一個好連隊……

他說那時你處理我轉業我無話可說。

團長說那時候你軍齡已過十五年，家屬小孩都可以隨軍了。

他心裏一陣寒，把頭勾下來，悄默無語。那隻螞蟻拉着紙塊還在爬，終於爬到了他膝下，似乎還要朝他膝上走。他覺到螞蟻爬到他繃緊的膝褲上，膝蓋酥酥地癢。他用力把膝蓋朝地上擰一下，不癢了。螞蟻被他擰死了。

團長說不轉業不僅是記大過，人命關天，你知道不知道。

他說再降一職也可以。

團長說再降一職你副連，你如何給我帶出一個好連隊？

他說你讓我以副代正嘛。

團長說眼下農村不比以前啦，你何苦為了老婆孩子的戶口不顧一切呢？

他說不是農民你不知道農民心裏想些啥，我做夢都想把老婆孩子戶口弄出來。

團長說你起來。

他說你答應我不讓我轉業了？

團長吼說你起來！

他哀求着說團長呀，我趙林不求你，是我老婆和兩個女兒跪在這裏求你呀。

團長心軟了。

團長說夏日落的死因調查清楚再說吧。

於是，他便站起來，拍拍膝蓋上的灰。死螞蟻黏在了他拍灰的手指上。他把螞蟻從手指上彈下去，頭勾着，受審樣木在團長面前。

團長端起茶水杯子準備走。

「夏日落的死因真像你說的？」

「真的是這樣。」

「說實話，你們支部團結不團結？」

「黨支部幹啥意見都統一。」

「趙林，」團長嗓門突然提高了，「你和指導員關係咋樣兒？」

「很好的。」

「我要你給我講實話。」

「原則問題上從來沒矛盾。」

你行啊三連長，團長過來拉開門，站到屋門口，你到底也學會當官啦。沒矛盾你倆就住進一個屋，什麼時候對夏日落的死因思想統一了，意見一致了，再找營、團黨委作檢討。這樣說着，團長帶門出去了。開門時湧進來的光亮立刻又消失。趙林一時對團長的話不明白，怔一會兒，想要開門走出去，誰知營長帶着兩個兵，抬兩個簡易鋼絲床進了屋，說老趙，人死了，命關天，想開些，是團長讓你和指導員先在這兒住幾天。話畢，就又有兩個兵抱着他和指導員的鋪蓋進了屋，後邊跟着的是教導員和指導員。

　　就這麼，趙林和指導員被關進了臨時禁閉室。

第五章

11

　　七天的禁閉，是連長和指導員內心的七萬里長征。門口有不持槍的哨兵，出門得通過哨兵向營長請假，而不出門是極難耐的事，憋悶如同頭脹一般使人心裏慌。陽光沒有了，秋風不吹了，天空縮小成五塊厚重的樓板扣在頭頂上。四壁的磚牆，也彷彿隨時都會倒塌。看不見三連的兵，看不見大操場，看不見日出日落，唯一能看見的是門口立的哨兵。他們忽然明白，禁閉室其實是供人省事的監獄。然最難耐的不是這監獄般的小屋，而是他和指導員高保新彼此的隔膜與敵視，像他們中間直立起來的一堵牆，這情景還如讓一對冤家相對通過一架獨木橋，誰都不屑讓誰一步的。

　　起先，他們彼此還有話，後來便沒有了。那一夜，團長和營長及保衛幹事來找他們談過話後自自然然沒有了，像兩個人的心裏都對彼此蓄了猜忌，有了仇恨樣。團

長是夏日落案件的專案組長，營長為副組長，保衛幹事是成員，夏日落盜槍自殺，這一點明亮如水。專案組的任務是弄清他為什麼要盜槍自殺，寫出對主要負責人員的處理意見報告。專案組走了以後，小屋門便被關上了，連長和指導員各自仰躺在床上。房上的五塊樓板擠出的四條樓板縫，筆直如絲。牆壁極乾淨，連一絲蛛網也沒有。他們就那麼仰躺着，各自都枕着自己的手。燈光雪白，把他們的臉照成缺血的蒼黃色。各自手腕上的錶，都滴答清脆，比賽着響亮。就這麼悶在死靜中，讓趙林想了許多事。回憶像泉水樣一股一股湧上來，湧上來便無可收拾了。

他想起了十幾年前入伍時，和他一道去驗兵的還有同村的馬明水，他們同年生，同讀書，一同進的體檢室。村落小，已經三年沒給村裏分過入伍指標了，在支書的強烈要求下，那年的入伍指標給村裏分了半個人。小體檢的比例是 4：1，村裏去了他們倆，又都過了小體檢。武裝部讓村裏自行在大體檢時減掉一個人，因為大體檢和入伍比例是 2：1，村裏這年有半個入伍指標，大體檢就只能去一個。於是喲，小體檢之後，巧在支書家裏蓋房時，他和馬明水毫無報償地去幹了半月活。拉石頭、砌根基、壘坯牆、和泥灰、上檁木、搬磚瓦，一天下來，人累得要栽倒在地上。吃飯時，別人都在支書家架起的大鍋前吃饃盛菜，然他們為了給支書家節約糧食，都重又回到自己家

裏一日三餐。待那三間瓦房蓋將起來後，匠人走了，別的小工也都離了去，他見馬明水沒有走。馬明水留在支書家裏掃院子，清理碎磚爛瓦黑泥土，用三天時間，把支書家的屋裏屋外，打掃得素潔異常。於是，趙林着急了，他在支書家左轉右轉，找不到活兒幹。有一次，低頭尋找活兒時，一頭撞在了院裏的一棵桐樹上，一靈醒，便回家讓娘賣了半袋糧食，買了六棵筆直旺茂的桐樹苗，栽到了支書家的房後邊。馬明水看趙林替支書家栽了六棵樹，就在支書家院裏院外窮盡尋找，安排計劃，最後在支書家牆角，給支書家又壘了雞窩和豬圈。看他給支書家壘了雞窩、豬圈，趙林就在支書家後牆風道內挖了茅廁，在支書家大門外左邊空地上挖了積草肥、倒泔水的大糞坑。

　　他們在支書家裏爭搶賽力幹活時，已經五十幾歲的支書就蹲在新房的簷下抽旱煙，待院裏屋裏確實沒有活兒了，待再過兩天大體檢就要開始時，支書磕掉煙灰，悠長地歎下一氣，説孩娃們，你們歇歇吧，不就是為了當兵嘛，難道就不能有一個不去嗎？

　　誰不去？他們都蹲在支書面前不言語。

　　支書説：「誰不去，我讓誰到公社水利工地上，人家説工地上天天有花饃，天天都炒粉絲菜。」

　　支書問：「你們誰不去？」

他看看馬明水。馬明水也抬頭看看他。沒有誰說誰不去。

支書說：「大隊會計年紀大了，賬糊塗了，你們誰不去過兩年我讓誰當大隊會計行不行？」

當大隊會計照理也不錯，也是那時鄉村人物們才能幹的事，可要到兩年以後，漫長的兩年，誰知以後會有啥兒變化呢？而當兵，後天就是大體檢，驗上了也許半月之後就穿上軍裝了，彼優此劣，自是不言自明。他們誰也不說話，和支書三人，不遠不近地圍在支書家的院落裏。馬明水把給支書家幹活刮破的褲子，擺在膝前，不停地用手去捏着，像要用手指把那個破洞縫起來；趙林因為幹活手上留下幾個大血泡，他用一個棗刺針兒，每紮破一個泡，把血擠出來，再用一撮土把血口堵上去。他們就那樣蹲着不言語，天長地久，沉默無邊，直到支書又吸了三袋煙，磕掉煙灰，從頭上卸掉帽子，到村街上走了一圈，回來帽子裏多了兩個紙團。支書說這兩個紙團裏，一個包了一粒麥，一個包了一滴小石子，你們兩個抓吧，抓住麥的，明天就去鎮上大體檢，也許就吃上皇糧了；抓住石子的，就在家裏種地，和石頭、黃土打一輩子交道吧。

天有些陰，又時值隆冬，院裏冷得哆嗦。也許正有一場大雪醞釀着。淒厲的北風，從村外吹進來，越過院牆，

在支書家院裏兜圈兒。支書把他的棉帽送伸他們面前頭。那帽子是哪個退伍軍人送給支書的棉軍帽，破舊了，有黑花露出來。頭油味又濃又烈。那兩個如花生團兒似的紙鬮兒，在那帽裏弟兄似的靜臥着。支書說你們誰先抓？他們誰都不言聲。支書說誰先誰後都一樣，來抓吧，誰當兵誰不當兵憑命吧。馬明水似乎想伸手，可他看一眼趙林，手又縮回了。那當兒，其實呢，趙林的手上已經捏了一把汗，他明確無誤地醒覺出來，無論誰伸手一抓，就決定彼此的一生了。抓住糧食的，雖去大體檢，也不一定就當兵；當了兵，也不一定就提幹，就一生留在外邊，過上好日月。可不當兵，卻是註定要一生留在那偏窮的土地上，註定過年也不一定能吃上一頓白麵餃子哩，不一定能穿上一件新衣裳。到部隊，飯是國家的，衣是國家的，哪怕僅僅去三年，也能長些見識哩。而更為重要的 —— 當兵的人，只要穿上軍裝，三鄉五村的姑娘都會送到家裏來，圍破門子要和你訂婚，結親戚。

汗如水樣把趙林的雙手濕透了，似乎手背上，也熱熱辣辣有了汗，連蹲着的腿窩兒裏，也都水淋淋的一片了。

他瞟着同學馬明水。

馬明水也偷偷看着他。

他把頭勾下去，馬明水也把頭低到一邊去。

支書端着帽子說：「抓呀！快抓呀！」

馬明水從地上站起來了。他說：「支書，你抓吧，你替我倆誰抓吧。你抓住糧食了，說讓趙林去，那我就在家裏，說讓我去了，趙林就在家。」

支書望着趙林的臉。

趙林從地上站起來，感到風從褲腿灌進去，腿彎裏的汗一下就落了。他把水淋淋的手在樹上擦了擦，一樣和馬明水裝出無所謂的樣子說：

「支書，你抓吧，我和明水是同學，好朋友，弟兄一樣，你就替我倆抓了吧。」

支書就抓了，伸手就從帽裏取出一個紙鬮兒，說這個是誰的？

馬明水不說話，趙林也是不說話。他們彼此看看，都把那目光落在紙鬮上。支書又說這個鬮兒是誰的？是誰的你們總要說話呀！再不說你們誰也別去體檢了，誰也別打算當兵了，就把那一個大體檢的指標作廢掉，把那半個參軍名額讓給哪個村。支書說到這裏，又把那手裏的鬮兒丟進帽子裏，極其認真地將帽子團起來，搖了搖，在誰也看不見的景況下，從帽縫伸進兩個指頭又捏出一個鬮，緊緊握在手裏邊，將手伸到馬明水的面前說：

「明水，你說這裏是糧食還是石頭呢，猜對了你就去驗兵，驗上了你就去吃皇糧。猜不對你就一輩子在家種地吧。」

馬明水盯着支書的手。

支書說，「你猜吧。」

馬明水動動嘴，卻啥兒也沒能說出來。默一會兒。想了想，他往身後退了一步，坐到一塊石頭上，終於說了一句話：

「讓趙林先猜吧，我倆同歲，可我比他生月大，好歹算是哥，你讓他先猜吧。」

支書把手伸到了趙林面前。

趙林往地上一蹲說：

「我不猜，你讓明水猜，猜剩下的就是我的了。」

支書又把手伸到馬明水的面前了。

明水說：「我不敢猜，這是人一輩子的事情哩。」

支書生氣了。他把那倆鬮兒往地上一倒，用腳踩着擰了擰，說：「你們都走吧，想一夜，還是誰也不肯讓着誰，明兒一早，趙林你讓你娘替你來抓鬮，明水你讓你妹妹來抓鬮。」

他們就從支書家裏出來了。到門外彼此看一眼，一個村東，一個村西走去了。

可那一夜事情發生變化了。巨大的變化像冬天來了秋天沒去般唐唐突突發生着，像水不到渠卻成了變化着。那時候，趙林在耙樓山脈的老家住的那間草屋子和他現在蹲的禁閉室大小差不多，一屋黑暗，裝滿憂愁，鬧得他一

夜輾轉，翻騰不眠。不消說，他不會平白無故就決定不參軍，就把機會讓給馬明水；馬明水也不會無緣無由把機會送給他趙林，而自己決意一生留在田地裏。一切都取決於支書的決定了。大體檢的時間是明天午時候，距鎮上三十五里路，又要走半天。就是說，明兒一早，無論是他去支書家裏抓鬮，還是讓娘去抓鬮，那一刻工夫就將決定他的一生了。一伸指頭，拿出一個紙團兒，那紙團兒裏不是一粒糧食，就是一粒土塊或石子兒，那也就是他的命運了，也就是他的一生了。一個鬮兒決定人的一輩子，既荒唐，又實在；既偶然，又公平，這讓他如何能睡哩。天大的事，被一根頭髮、一根稻草維繫着，誰能睡得着？

他在床上輾輾轉轉，反反側側。

然到天將亮時，他將睡着時，有人在不停地敲他那間小屋的窗戶了。他強打精神聽了聽，那響聲的確是來自窗戶上。

「誰？」

「我 —— 馬明水。」

他怔一下：「明水 —— 啥事？」

「你開一下門。」

「大冷天，睡得迷迷糊糊，有事你就說吧。」

馬明水在窗戶外邊停頓一會兒道。

「趙林，我不去當兵了，明天你去參加大體檢吧。」

他驚着從床上彈起來：

「明水哥，你説啥？」

馬明水從窗前走到門前：

「你開一下門。」

他慌忙趿着鞋、披着襖將門打開了：

「進來呀，外面冷。」

馬明水朝門口靠了靠：

「不進了，我就幾句話。」

他問：

「你説你不去驗兵了？」

馬明水説：

「我把機會讓給你，可有一個條件哩。」

他説：

「明水，你説吧。」

明水説：

「真驗上了，到部隊你要幹出點出息來。」

他説：

「那肯定。」

明水説：

「趙林，你知道我自小沒有父母，和我妹妹英英過，我想你驗上兵了，我把我妹妹説給你，訂下這門親，我做哥的也就放心了。」

趙林那時候立在門裏邊，因為冷，雙手抱着肩，可聽了馬明水的話，如被嚇着了樣，他的雙手垂下了。他盯着門外比他高了半頭的馬明水，不敢想那些話是真的還是假的。馬明水雙手袖着，臉在寒月冷星的光亮裏，是模糊的灰黑色。他不明白馬明水這樣給他說時，馬明水的心裏想了啥，也看不清馬明水臉上啥表情。當兵，定親，天大的事兒呢，能就這麼三言兩語定下嗎？馬英英，原來他是那麼熟悉，可這會兒她哥說到讓她和趙林定親時，趙林竟在那一瞬間，把馬英英的模樣全都忘完了。只留下一個每天割草、放牛的瘦女孩的模糊樣兒從他面前走過去，同村人，兩家相距二百米，一個村東，一個村西，然那當兒他連她是黑是白，眉眼鼻嘴的模樣全都不再記得了。

他立在門裏沉默着。

馬明水等不及他的回答了，也便直截了當問他道：

「趙林，你不同意和我妹妹訂婚是不是？」

他不知道該怎樣回答，因為他總也想不起那個女孩更為具體的模樣兒。

明水接着又大度地說：

「不同意也沒事，我說過我把機會讓給你，我就不會再爭了，你明兒去驗兵就是了。」

說完，馬明水低頭便走了。踢踢踏踏，無精打采，像自己做了一件很不該的事，極為沒趣、極為失敗的事，

像自己把一盤好菜端給別人吃，別人不僅不領情，反而說他下賤那樣兒。趙林從屋裏追到屋外邊，他很想立馬答應和馬明水妹妹訂婚的事，可又總也想不起她更清晰的模樣兒，張張嘴，卻終是沒能說出來。

他走了。

趙林一早就隨支書去鎮上參加大體檢驗兵了，因為村裏只有半個入伍指標，支書去鎮上時，從自己家扛了一袋花生，和趙林一道在體檢之後，送到了公社武裝部長家。

可是，接到入伍通知書那天，他還接到了從水利工地傳來的噩耗，說馬明水剛到水利工地第二天，和鄰村一個青年抬壘壩的石頭時，他人在後邊，正上壩坡時，腳下一軟，倒在地上，抬的那筐似的石頭朝後一滾，就擠壓到了他的胸脯上。那時候，他正在家裏給娘唸那入伍通知書，聽到村街上的驚呼亂叫，他追着噩耗跑出去，就見到村人把明水抬進了村。用兩根抬石頭用的雜木椽子捆的擔架上，馬明水靜靜躺着，一臉蒼白，頭上、胸上纏滿了浸着血的白紗布。他那瘦弱的妹妹撲在擔架上哭得死去活來。待趙林擠進人群，蹲將下來，握着馬明水冰冷的手叫了幾句「明水哥」時，馬明水也就用力睜開了眼，癡癡地望着趙林的臉。

趙林隱隱覺出馬明水已經不行了，他睜開眼睛，用的是他人生的最後一悠氣兒。趙林知道明水看着他的目光一動不動是啥意思。他拉着明水的手，輕輕對他說：

「明水哥，我驗上了兵，後天就走了。」

馬明水的嘴角掛了微細一絲蒼白的笑。

他又說：

「明水哥，你放心，這一輩子我會照顧好英英的，有我一碗飯，就有她半碗飯，有我一件衣裳穿，我就不會讓她受凍的。」

明水聽了這話，就在擔架上掙着身子，想用雙手去握趙林拉他的手，可他掙動身子時，用力猛了些，力氣耗盡了，人就走了去。

馬明水死時望着趙林的那雙目光，顯出了感激、放心和平靜，連馬明水的臉色也因為終於把妹妹的事情安排妥當而顯得安寧祥和了。

12

在禁閉室的第一夜過得是那樣艱難而沉悶。燈光昏昏花花，有兩隻試圖穿越秋季的蚊子，在燈泡周圍飛得嗡嗡嚶嚶。高保新在床上翻來覆去，彷彿床上鋪的不是褥子，而是一褥棗刺。他每動一下身子，他的床鋪就要發出幾聲乾裂的尖叫。它每尖叫一聲，趙林的回憶就被打斷一次。可是，只要那響聲一落，他的回憶就立馬能夠接上，馬明水就立刻能夠回到他的頭腦裏。如同為了抵抗高保新的輾

轉和刺響，趙林想着馬明水，就能安詳寧靜，一動不動，拒高保新的不安於千里之外。

到後來，回憶似乎已經不再是回憶了，而是趙林的武器。他決計在這間小屋裏，不首先和高保新說話，不首先打破這沉寂，只要心裏想着馬明水。

躺在床上一動不動，趙林望着天花板，如在讀着一本書。

他們就那麼僵持着，宛若敵我兩方都守在各自的戰壕等待一個樣，直到熄燈號響過以後，指導員又在床上翻個身，把鋼絲床弄出更為刺耳的響動來，還不見趙林有所響應，高保新就先自坐起來，喝了一口水。

「老趙，」他說，「團長單獨找你談話沒？」

趙林沒有動，「談過了。」

指導員把身子朝床邊移一寸。

「問些啥？」

「夏日落為什麼要自殺。」

「你怎麼解釋的？」

「我說可能是這批沒入團，一時想不開。」

「就這些？」

「好漢做事好漢當，」趙林連長從回憶中抽回身，猛地從床上坐起來，直眼盯着指導員，「我說主要根源是你的

思想工作沒跟上，夏日落沒入團是應該的，但你沒及時找他談心不應該。要談了說不定他不會去自殺。」

指導員又仰躺望着天花板，冷言利語說：

「你是存心把責任推到思想政治工作上，想害我高保新一把吧。」

趙林摔摔屁股，腰板挺得更直些。

「存心害你，我就對團長說，你曾打算給我八千或一萬塊錢收買我，讓我把責任攬下來。」

指導員從床上坐起來。

「你怎麼知道我沒找夏日落談過話？」

連長翻了一下上眼皮。

「你怎麼知道夏日落被我批得掉眼淚？」

指導員冷一眼連長，突然把腿上被子揭掉，將雙腿拉下床，趿上鞋，坐到床沿上，說老趙，你別忘了你是怎麼提幹的，十多年前在南線，我們排全都死掉了，我一個人守在陣地上，左腿上中了兩顆彈，排長被炸飛的腦瓜殼子扣在我頭上，你說我能活下來容易嗎？可你除了腰上紮進去一塊彈片哪也沒有傷，你們排沒死一個人，全營、全團就我們三排死得慘，可一個連就分那麼一個二等功指標，我還讓給了你。你手拍胸口想一想，你初中沒畢業，提幹時年齡又超半歲，不是我讓那個二等戰功給你，你能提幹

嗎？你能有今天嗎？不是照樣得回家種地，面對黃土背朝天，說不定你連老婆都討不到手。可今天我讓你多攬一些責任你竟這樣兒，不光不多攬，還把責任一推六二五，你說你趙林還有一點良心沒？我不說，你自己拍拍胸口想想吧！指導員極快地說着，又突然脫掉鞋，把雙腿抽上床，拉被子蓋住，身子一倒躺下來，面對着牆壁，說你想想吧趙林，口口聲聲說你是農民，是農民還一點良心都不講。

連長坐在床上沒有動，臉上凝着青硬色，雙眼死死瞅着指導員說話的嘴，忽然間呈出極有胸懷的氣度來，詳詳細細聽指導員說，就像三連的兵們聽指導員極動人的政治教育課，直到指導員翻身躺床上，他才用舌頭舔舔乾嘴唇，慢聲細語說，沒良心的是你高保新，該拍胸口想的也是你高保新。

指導員又在床上翻個身。

「我想？想什麼？！」

你想想是誰把你們排長的腦殼兒從你頭上揭掉了。是誰把三具屍體從你身上拖開了。是誰把你從戰場上背下來，一口氣背了七里路，送到師醫院。連長趙林說那時候，你身上的血還沒乾，全都沾到我身上，和我的作戰服連到一塊兒，撕都撕不開。到師醫院，我把你放到傷員床上，你醒過來拉住我的手，說九班副，你是河南人？我說我是豫西人，你馬上淚就流出來，說我也是豫西人。我說我知道。你問我

是從農村入伍的？我說是。你說我也是，爹雖然是幹部，可娘在家，全家都種地。我說我走啦，連隊還在打掃戰場哩。你硬拉住我的手不讓走，說趙林，我特別想家，打完仗我就想退伍。我說你先養傷，反正仗已經打完啦，馬上就撤了，回去會提一大批幹部的。你說你不想當官，反正回家你爹會給你找一份工作的。那時候你還和我說了很多話，眼下你都忘了嗎？趙林說着說着激動了，把身子再挺些，扭着屁股坐到枕頭上，努力使自己坐着也和站着一樣高。說我沒良心？高保新你說咱倆到底是誰沒良心？那時候師醫院的傷員莊稼地樣一大片，輕傷放一邊，重傷放一邊。你高保新左腿是中了兩顆彈，可連骨頭的邊都沒傷到，在輕傷裏還屬輕傷呢。師醫院醫生少，手術台少，忙不過來，先給重傷做手術，後給輕傷做手術。我要走的時候，你拉住不讓走，說痛得受不了。那時候我像賊一樣，在傷員群中轉來轉去，乘醫生不備，又把你從輕傷員中，背到重傷員那一邊，還把你放到一排昏迷的重傷員的最前面。醫生看你傷得那麼輕，到醫院不足兩個小時就上了手術台，還以為你有什麼來頭呢。趙林說高保新，這些你都忘了嗎？是我該拍着胸口想一想，還是該你拍着胸口想一想？你說呀！是誰沒良心，是誰該拍着胸口想一想！

　　指導員在床上沒有動，眼依然盯着牆壁。那牆壁上有一條裂縫，細如髮絲，從床邊開始裂，曲曲彎彎，蚯蚓樣

伸到房頂。他瞅着那縫哼了一鼻子，説要沒良心我高保新不會把那僅有的一個二等功讓給你。那二等功不是我高保新的，是我們全排的。全排人都死了，才給我高保新掙那麼一個二等功。可我高保新猶豫一下都沒有，老連長一説我就讓給了你。你憑啥？雖説全連活下來又受傷的只有你和我，可投票評功我比你多三票，這些你又不是不知道。

多三票不錯，讓功也不假。趙林嘴角掛着笑，可你高保新不是因為讓功才被寫進文章，上了軍報頭條嗎？才成了英雄中的模範嗎？才一提幹就進了機關嗎？

指導員又在床上動一下。

「這與你趙林啥關係？」

「咋與我沒關係？」

「是你給我的這些嗎？」

「你不讓功能有這些嗎？」

「豈有此理⋯⋯好像沒你趙林我就沒有今天啦！」

趙林舒緩地掀開被子，慢慢躺下：

「自己想吧。」

指導員把被子朝上拉拉，將頭蒙上説：

「對。自己想吧！」

趙林沒接話，如剛才指導員一樣，也哼了一鼻子。

指導員聽見趙林哼鼻子，又緊緊跟着哼一下鼻子。

趙林不再哼鼻子，翻身把床弄出極刺耳的響動來。

指導員也把床弄出響動來。

趙林彷彿無可忍耐了，又一次猛地從床上彈起來，死死盯着指導員，如同準備打一架，或者無休無止地吵下去。

指導員卻伸出胳膊，順手把開關一拉，燈滅了。小屋裏立刻漆黑一片，如墳墓一樣罩着他們倆。

第六章

13

又是一天彼此不再說話了。既然都怨恨自己是被對方拖下了井，那當然就沒必要再去搭理對方了。難道我趙林就真的怕你高保新？不說話又能怎樣呢？入伍前一個人在山坡上孤獨地翻土種地，不是常常十天、半月不和一個人說話嗎？不是實在無可忍受時，對着野山狂喚幾嗓也就好了嗎？

趙林決意要和高保新打一場恒久的沉默僵持戰。他堅信打贏這場沉默戰的一定是他趙林。而在這場沉默戰役中，關係到的不僅是輸贏，而且是毅力和人格。

四十八小時之後，指導員有些頂不住這種沉默了。他開始在屋裏有意咳一下，有意把床或凳子弄出一些響動來，在連續幾次得不到回應時，他就自言自語一句「看看報紙」，便到營部的閱覽室裏去了。

他去，說明他被趙林的沉默擊敗了。

趙林有些得意。高保新不得不把這禁閉室的空間全部拱手讓給他，使他獲得了一種勝利感。高保新的這種敗讓是從上午開始的。上午十點，他去了營部閱覽室；吃過午飯，他又去了營部閱覽室；晚飯之後，他再次去了營部閱覽室。營部閱覽室是被禁閉人員唯一可去的地方。閱覽室中有黨報、軍報和參考消息，以及過去叫《紅旗》，不知為啥改名為《求是》的雜誌，黨報黨刊是政工幹部的生命線，是他們的理論源泉、思想寶庫，不消說，也是被禁閉人員需要學習、洗腦的上好教材。高保新去閱覽室，不僅說明他在沉默中敗了陣，而且說明他在沉默中開始反省自己了，也極有可能，開始認識自己在夏日落自殺一案中思想政治工作的過錯了。

　　可是，這一夜高保新走了之後，在屋裏僅還剩下趙林時，他忽然覺得這狹小的屋子變得偌大起來，空空蕩蕩，四壁荒野，似乎他可以在屋裏馳騁奔馬，訓練部隊，統領三軍，指揮演習了。他躺在床上，毫無目的地伸伸胳膊伸伸腰，又下床做了幾下操，再次躺到床上時，那種百無聊賴、無以寄託的感受像湖像海一樣把他淹沒了。

　　你怎麼會變成這樣呢？奮鬥了多少年，卻落到了蹲禁閉室的田地。在床上翻個身，聽着外邊大操場上部隊夜訓的口令聲、隊列腳步聲，趙林有些渴望回到操場上，重新去訓練部隊，組織演習。因為不能隨意走動，他就自然地

心生哀傷，有一種消極無奈的情緒如煙如霧地籠罩着他。安靜地躺着，他想起初當排長之後，在一次全團閱兵結束的一天夜裏，他曾經學着團長的模樣，借半夜查哨無人之機，自己跑到團裏大操場的閱兵台上，面對空空的閱兵場，宛若台下有千軍萬馬，有他們步兵九團的全部官兵，正從台下正步走過，向他致禮，於是，他也像團長一樣，筆直挺立，向台下敬禮。台下的官兵向他吼着嗓子喚：「首——長——好！」他也可着嗓門回喚了一句話：

「——同志們好！」

那時節，澎湃的激情在他身上如河流一樣，可不知道那河流是從什麼時候開始枯竭了，乾涸了，使他變得有些未老先衰了。這內心的疲憊、衰老是從什麼時候開始的？是南線戰爭之後？還是他老婆超生一胎，他受了降職處分之後？趙林為這衰老和開始衰老的時間冥思苦索，想得昏昏沉沉，瞌睡來時，門外傳來了腳步聲。

高保新從閱覽室那兒回來了。

第七章

14

意料之外，王慧到了禁閉室裏。

這是他們被禁閉的第三天上午，高保新剛剛離開，到閱覽室裏不久，趙林躺在床上，仰望着天花板，腦子裏想了雜七雜八，一堆凌亂不堪，又如同什麼也沒想一樣。他不知道團長把他們禁閉之後都在做些什麼，專案小組都在三連調查了什麼，夏日落的死因是否水落石出。還有，夏日落的後事，到底辦到了哪步田地。依照慣例，死者家屬來隊，連長、指導員是首先要去向他們謝罪道歉的。如果連隊幹部負有直接責任，跪下請求寬恕的事情也是時有發生。然而，自他們被禁閉之後，這一切卻都不讓他們知曉半點，和事情與他們無關似的，而每餐，連隊來送飯的炊事員，又總是新兵，對此一無所知，異常空白。

高保新對這些肯定知曉得一清二楚，因為他每天都到營部閱覽室去。閱覽室和營部兵的宿舍僅一牆之隔，他們

走來走去，都要經過閱覽室門口。趙林極想讓高保新告訴自己一點景況，又不願首先開口和他說話；極想下次自己首先開步走進閱覽室，把高保新留在禁閉室中，可高保新卻每次都是一丟下飯碗，分秒不到，就先自甩着胳膊走去了。趙林躺在床上想着，如何在明天讓高保新首先開口和自己說話時，如何把高保新留在禁閉室，自己先到閱覽室裏時，門口有兩個身影閃一下，一個站在了門口，另一個旋即走掉了。

走掉的是炊事班長。

留下的是王慧。他是把王慧送到禁閉室門口走掉的。趙林從床上一下坐起，看見王慧，心裏先是微微一喜，後來是巨大的一驚，如從山頂上突然滾下的筐似的一塊巨石，把核桃似的喜悅擠壓得粉碎無形，又吹帶得無蹤無影。

「我來看看趙連長，」她對門外的哨兵說。

營部的哨兵猶豫着：「得讓……營長或教導員同意吧。」

她說：「我認識你，你以前也是三連的兵，也是趙連長帶過的兵……我來和趙連長說幾句話。」

哨兵依然猶豫着：「總得讓哪個首長知道一下呀。」

她說：「只幾句話，有人見了，你就說你去了一趟廁所，偏巧我來了。」

那哨兵仍然猶豫着。

趙林就和他們一步之隔，他極想怒斥哨兵說，我是犯人嗎？犯人也還可以探監呢，為啥就不讓看我的人進門呢？可來看他的是女的，是在指導員那兒已經讓他有些懷疑的王小慧，他就怒到唇邊又吞咽下去了。他不知道自己是想讓她進來，還是想讓她回去。讓她進來吧，正是被禁閉之時，千萬別因為她來又風上加雨、雪上加霜。更何況他不知道她來幹什麼。不讓她進來，可這個時候，又偏巧指導員不在屋子裏，他又想想念念，想和她說上幾句啥兒話。隨便說上幾句啥，能讓他的孤寂排遣一丁點兒也好，其內心情景，猶如漲滿將溢的一湖水，能泄放一點兒，堤岸就沒有那麼多壓迫一樣兒。

他聽着他們在門口一問一答，遲疑着自己將採取什麼態度時，可那哨兵的遲疑忽然減退了。

他說：「你進去吧，快一點，我一咳嗽你趕快出來啊。」

哨兵說完就走了。趙林知道他是去一旁望風站哨啦。

王慧是看着哨兵走去，她才一腳跨進禁閉室來的。直到她進來，一屁股坐在高保新的床鋪上，和趙林臉對臉，趙林也才看見她臉上凝着一層淺青和淡白，像二層雞蛋皮兒硬在她臉上。她望着他，就像從他臉上找出一些變化樣，待那變化找到了，她才開口說話。

她說：「趙林，你瘦了。」

他笑笑，和她一樣坐着摸摸臉：「不會吧？每天在這睡了吃，吃了睡，療養似的。」

她問：「槍丟了，就要關禁閉？」

他說：「你以為是丟了一根木棍嗎？槍 —— 軍人的第二生命哩。」

她又問：「那要是死了、傷了一個人咋辦？」

趙林不再立馬回答了。他開始盯着她仔仔細細看，像她這一問提醒了他啥兒一樣，臉上立刻顯出不安和煩躁。日光從門裏落進來，斜斜的，呈菱形。從窗裏透進的日光，則搭在她的左肩上，像她披的金色的紗巾遺落在肩膀上。屋裏異常安靜。仔細去聽，能辨別出日光中細微的飛塵，嗡嗡嚶嚶，如這排房子的哪兒有無數的嬰兒在嬉鬧，在哭叫。因為不安而引來的煩躁由小到大重起來，趙林望着她的目光，也便在片刻的注視之後，立馬轉成審視了。

他說：「你找我有事？」

她拿出了一張疊成方塊，從背面露出印章的白紙，說：「我離完婚了 —— 昨天。這是離婚證書。」

他心裏咯噔一下，如應驗什麼似的。他盯着那離婚證書說：「你跟我說這幹啥呀？」

她說：「我知道你和你老婆其實沒感情。知道連隊死了一個新兵。因為有人死了，你也不可能再往上升了。不

能上升，你就不能讓老婆隨軍了。我來就是想跟你說，部隊要處理你轉業，我願意和你結婚，願意做你的妻子。」

王慧把話說得很快。自不必說，進門要說什麼，她早就已經想好。甚至，在禁閉室門口，和哨兵如何交涉，她也早已成竹在胸。先前趙林把她看得有些單純，乃至幼稚，現在趙林忽然覺得，她不是單純、幼稚，而是單純中隱着成熟、幼稚中含着練達。他忽然極想讓她立刻從這房裏儘快走出去，甚至想說，王小慧，你給我滾出去！可在他想要這樣說時，他又看見她眼角有兩滴淚水，像一個妹妹向大她許多的哥哥求討一樣原本屬於她的東西。趙林的屁股在床上動了一下，剛剛要站起哄她出去的那股力量在這一動之間，消散得所剩無幾了。手上攢的那股揮趕她的氣力，也一下成了兩手汗水。他看着她，把手汗在桌沿上擦擦，輕聲說：

「王慧，你可不能對我雪上加霜，落井下石。你知道我現在落到這步田地，你要多說一句，我就不是降職，不是轉業，而是被開除黨籍、軍籍，徹底地回家種地。」

王慧平靜地把那離婚證書重又裝進口袋，卻有幾分堅定地說：「趙連長，世界上有一萬人，其中有九千九百九十九個要害你，剩下那一個不害你的人就是我——王慧。小名王小慧。」

聽了這話，趙林猛然不知道自己該說什麼了。他有些感動，心裏像一塊百日無雨的旱田上流過了一股細水。倘若，這兒不是禁閉室，不在營區，四野別無他人，只有他們兩個，也許他會向她做出一些動作來，比如主動過去拉着她的手，有可能，也把她攬到自己懷抱裏，像一個親哥對待親妹樣。可是，這兒是營區，且是關他趙林的禁閉室，哨兵就在門外邊。

　　眼下，他不知道如何是好。手上的汗越發多起來，他只好撩起枕巾，再一次擦擦手，輕輕說了一句有些空洞的話：

　　「小慧，我姓趙的在這兒謝你了。」

　　聽了這話，她竟哭了，淚珠咣當一下落在了禁閉室的屋中央。像是要進一步表示一些啥兒一樣，她從床上站起來，朝他挪了半步，渴渴求求地望着他。

　　他越發不知該如何是好了，正慌心鬧神時，門外的哨兵搭救了他。哨兵大聲地在外邊咳嗽了。

　　趙林說：「你快走吧，以後別再來看我，等我出去了我會去看你，有的話到那時候我再跟你說。」

　　王慧就依依地從禁閉室裏出去了。到門口，她又回頭給她留下一句話。她說：

　　「趙連長，你就是蹲了監獄我也願等你。」

　　說完之後她就走了。

片刻，隨着哨兵咳後的腳步，走回來的竟是指導員高保新。趙林有些慶倖，慶倖王慧走得及時。

第八章

15

　　情況是從第六天開始變化的。

　　因為孤獨，連續三天，趙林每個白天就要上廁所蹲上三五次。每次都要等課間休息和飯前飯後去。這些時候兵們不操練，有人去廁所，正巧那廁所沒有別的人，就一個兵，又是三連的，他便能隨便問些話。

　　「今天訓練啥？」

　　「隊列。」

　　「誰組織？」

　　「副連長。聽說副連長還要當連長。」

　　「誰說的？」

　　「他自己。」

　　趙林便不再問啥，心裏沉沉，頭稍微暈着，似乎是蹲久了，血脈不流了，忙扶牆站起來，繫上褲子回到小屋睡。

再或是在廁所碰到三連一個兵，正好也在解大手，他就過去蹲在人家的鄰便池。

那兵一看來的是趙林，趕忙問：

「連長，吃過了？」

他解着褲子蹲下來。

「吃過了。今天連隊政治學習吧？」

「政治學習。」

「學啥？」

「報紙。時事形勢。」

「誰組織？」

「副連長。聽説副連長要當連長了。」

「誰説的？」

「他自己。」

「沒聽説誰當指導員？」

「沒聽説。」

「沒聽説調整編制三連要解散？」

「聽説了，可也還聽説是解散四連哩。」

趙林不再問啥，心裏沉沉空空，頭稍微暈眩，似乎蹲久了，血不流通。沒屙下什麼，也不擦屎，就扶牆繫褲，回到小屋。

熬到禁閉的第六日，上課號一響，營裏幹部到團部開會還沒走。指導員便又急鼠般鑽進了報刊室，再次把連長趙林留在了小屋裏。季節交替，氣象變化快捷，這才幾天時間，小屋門開着，太陽卻不再像先前一樣容易照進來。有時滿滿一日，日光會總也照不進去。外面樹上的小雀子，一團一團飛，啁啾聲一浪一浪蕩進來。連長趙林十分鐘以前去過一趟廁所，在那呆了一陣，不見有兵進去大便小便，只好空空蹲在便池上。這便池是用單立磚壁隔開的，半人高，蹲下看不見，站起到腰間。連長不見有人來，正悔白來一趟廁所，想走時，突然看見磚壁上搭着半張報紙。那半張被兵撕下擦屎了，剩下這半張正好是一欄國際時事版，他順手拿下來，展在面前，一溜眼就看了二十幾條新聞：

　　《葉利欽宣佈停止蘇共和俄共一切活動》
　　《伊拉克國防部長被薩達姆解職》
　　《駐蒙蘇軍明年九月全部撤軍》
　　《東歐形勢惡化，軍人引弓待發》
　　《美戰鬥機侵入伊拉克北部領空》
　　《南斯拉夫海軍封鎖克羅地亞沿海港口》
　　《北約的戰略進行重大調整》
　　……

這是國際時事版的一周國際大事記專欄，每條新聞都瓜葛着軍人，好像世界上除了當兵的，再也沒了別人。算起來，趙林已經有一個月不看報紙了，這一會兒蹲着便池，一口氣看了二十來條新聞，都是國際上與軍隊分不開的事，他忽然覺得享受，且大便也流利得如開了水龍頭，一時間滿身暢快鬆弛，把繁雜忘得一乾二淨。什麼蘇聯去年種族暴力產生難民六十萬，什麼南斯拉夫內戰的槍聲響在國際和會的上空，什麼以色列開始對黎巴嫩又有新的軍事行動，什麼什麼……趙林看這些新聞時，覺得這些國家整日裏爭爭奪奪，鬧得世界就像夏天的廁所大便池。想到便池時，趙林冷丁笑出來。他想起兒時讀書，老師給他們說出一個謎語，讓全班的同學猜。老師說：四四方方一座城，那裏駐了一萬兵，同學們請答一動物。於是同學們齊聲高呼：是蛆——夏天上課人瞌睡，破了這個謎，人便不睡了。想起這件事，趙林笑出了聲，然笑至半途，他便截住了。在報紙的最邊上，有一塊大文章，題目極醒目，是一篇有關中國、有關趙林自己的大文章。他很奇怪，這麼一篇文章，他居然會在一張報紙上最後才發現。那篇文章一闖進他眼裏，他屙屎正流利，然看見文章題目，渾身怔一下，就忽然不屙了，屙不下來了。

他屏住呼吸，一口氣把那一塊文章，從頭至尾，一字不落像吞吃一樣默唸到最後的句號上，疊好報紙，匆匆塞進褲口袋，從便池上立起來，繫着褲子下了便池台。

走出廁所門口時，他忽然想起剛才大便以後沒有擦，那兒黏黏不舒服。他想回身進去擦大便，遲疑一下腳步，卻又急急朝禁閉小屋走去了。

他不知道他急着回到小屋幹啥兒。到小屋，指導員已經不在了。他知道指導員又去了報刊室。是他的沉默，打敗了指導員的寡言，逼得指導員白天只能不在小屋。即使在，他也不能去找他搭話兒。可這陣，他心裏發慌，像身上立馬要發生什麼病，或突然得知要發生一件令人震驚的事。他必須找人扯扯話。門口的哨兵是列兵，嘴上光潔明亮，一眼便知這兵屁事都不懂。他坐在自己的床上，看看四壁光禿，再把目光望出去。有隻斑鳩從門前飛過去，叫聲沒滋沒味。他覺得不該從廁所這麼急急走回來。走回來便覺空虛又失落。他只好把那張報紙鋪到床上，對那篇文章反復地看，反復地看了再看看。

那文章的題目是《中越聯合公報》。

最後，趙林自己也不知將這一公報讀了多少遍，到末了，似乎他都能將那公報的十一條內容背下來。這時候，已是午時十一點，太陽挪動到正空，陽光明亮溫暖。門外有了腳步聲，是指導員高保新回來了。趙林如同賊一般，

忙將報紙收起來，鋪到指導員的床鋪上，使那篇《中越聯合公報》的大字標題正對着屋門口，使高保新一進屋便能看見這張報，便能看見這塊黑體文。然後他快步走出屋，對哨兵說上趟廁所，眼看着指導員高保新進了小屋裏。

趙林在廁所的便池上，整整蹲了三十分鐘，直到下課號鼓噪響起，才踢踏出來。然回到小屋，見指導員仰躺在床上，那張報紙被揉成一團，扔在了門後，好像指導員壓根就沒看，一進門就把報紙扔掉了。也許他沒注意到那文章？奶奶，這麼大的事，你怎麼能不注意？還每天去霸佔報刊室。還說報紙就是思想政治工作者的命。趙林很想去把那報紙拾起來，說指導員你看，中越兩國發表聯合公報了。然他沒有拾。六天已經過去了，今天當然不能下賤到先找他去說話那步田地。細想想，是他高保新自己人心變了色，血紅變成黑烏紫，把夏日落的自殺責任一推六二五，把自己身上的污垢、塵土洗得一點兒不剩，可他竟還說別人沒良心，說別人丟掉鋤頭不像農民了。沒有我你能活到今天嗎？一排人全死了，就活下你一個。一個軍人，打仗時連一個陣地都守不牢，還他奶奶逢人就講腿上中了兩顆彈，排長的腦殼扣在你頭上，你身上壓了三個戰友的屍體。要沒有那屍體，不定你也早被炸死了。我趙林再晚衝上陣地半小時，不定你小子連疼帶嚇也死了。他到底看沒看到報紙呢？也許他看了。看過了才扔到了門後

面。你看他的臉，和樓板平行着，呈出淡白色。要沒看會呈出淡白嗎？

16

吃飯，無話。

回屋，無話。

午休一小時，仍是無話。

整個下午，全都無話。

下午上課號鼓噪響起，趙林想等着指導員再去報刊閱覽室以後，他便把那張扔的報紙撿起來。他莫名地想把那張報紙壓在枕頭下，彷彿要保存一份珍貴資料。然整個下午，指導員破例不再出去了，廝守在禁閉小屋裏，面壁側臥不動彈。

指導員一動不動，趙林便步出小屋，進了營部報刊室。這是一周來，他第一次走進報刊閱覽室。原來，營部報刊室是有其名而無其實，兩間空大的房子，牆壁上有幾幅標語口號，如「知識就是力量」，「學習是美好」的等等等等名人名言，仿宋字寫在紅紙上。屋中間放一台乒乓案子，又殘又破，被當作報刊桌使用。而這桌上，竟無一份雜誌，除了一份夾在報夾上的《解放軍報》，再無別的。

趙林走過去，順手翻起那夾報紙，薄薄一疊，竟是九至十月份時有時無的老報與新報。不消說，營部的報紙雜誌，都在營首長個人屋中，偶爾多餘一張，通信員才會想起夾入這個報夾。在這些報子上，趙林想再找一些中越關係的有關消息，然卻死也找不見。二十餘張報紙，一頁未漏，幾乎每頁都有被人剪去文章的報洞，有的一版上，能被剪掉五塊文章，使每張報紙，都爛得如小孩兒的尿布。

幾天來，指導員居然能死死呆在這個屋中看報紙！趙林一時的驚奇，蘊滿全身，如何也弄不明白，一份你每日都看的老軍報，還有什麼文章讓你百讀不厭呢？臉上印着厚厚一層淡黃的迷惑，趙林從報刊室出來，立在哨兵邊上望着天。太陽偏西，陽光中含着紫紅。正天上有塊塊白雲凝着，不是那種將雨的雲。這雲潔白如玉，透亮光滑，很像玻璃細絲絨絨揉在一塊，營部門前的遊動哨兵是從一連抽調來的，說三連長不看報？不看，趙林說指導員每天都在這看報？哨兵說他每天都在這看報。報刊室在營部宿舍最東端，禁閉室夾在前排房西邊，中間距離也就五十米。哨兵一般都在這五十米上遊動着。趙林同哨兵邊聊邊走，遊動兩個來回，看見營長從遠處騎車回來，他便快步進了小屋關了門，把自己繼續禁閉在禁閉室。

指導員依然躺在床上。

無話。

還是無話。

17

那團揉皺的報紙照舊扔在門後邊。

吃過夜飯，秋末的大操場散亂地佈着閑適和熱鬧。又是星期六，那兒慣例以鄉域為塊，堆聚着扯淡的兵們。夏日落整整死了一周，案未了結，團長營長再也沒有找他們談話。誰都不知案情到了哪一步。禁閉的小屋，在周六的夜晚，顯得極盡壓抑。外面的自由和熱鬧海浪般湧來。小屋如夜泊在海邊的一葉小舟，或者是海岸上的孤寂老房。趙林坐在床上，盯着門後的那團報紙。指導員高保新在床上躺着，雙眼凝視着牆壁上的一個黑點。哨兵在門外來回走動。屋裏的沉寂，如一潭流不動的水，趙林覺得自己即刻將被這水淹死，整個身子，都一寸一分地朝水下沉去，這個時候，就是不能呼喚，也必須要抓到一樣東西，使得自己最終不沉進水裏。他端着下巴，盯着門後的那團報紙。那團報紙像漂浮在水面的一塊木板，在微小的風中，緩慢地向他晃來。他終於忍耐不住了，起身去撿了那團報紙。心裏罵了自己一句：沒有骨氣的東西，還是軍人，軍事主官！

趙林嘩嘩地將報紙拉開，一下便就呆住。那塊牽他心肺的文章不見了，報紙上被剪出方方正正一個洞來。趙林旋過身子，盯着床上的指導員，終於先自開口說話，語調卻如自言自語：

「誰把那篇文章剪掉了？」

指導員折起身，也如自言自語：

「我剪了。」

趙林又回身坐到原處，仍如自言自語：

「剪了幹啥？」

指導員從枕頭底下摸出一個大的信封：

「教育資料……你還看嗎？」

趙林把屁股往床裏挪挪：

「無聊，想看看。」

指導員把那信封扔過去，落出一個很響的聲音。趙林打開信封，從中取出了一疊兒報紙剪貼，大大小小，都是正方形，或者長方形。最大的文章塊兒也就是他要的那一張公報，最小的如一火柴盒，且這些剪報內容都是有關中越關係的。於是趙林猛然醒悟，指導員這幾日在報刊室裏苦呆，原來就是為了這個。伴他度過這禁閉光陰的，也都是這些中越關係發展的消息和報道。你看，他把每張剪報的右上角都標了號碼、報名和日期，可見他對這些內容的關心、盡心和憂心，非一般的熱心和愛好。

趙林依着剪報的號碼一張一張朝下讀。

第一張剪報不足一百個字，題目是《越南高級代表團將訪華》，內容是「據新華社北京 10 月 31 日電：應中共中央總書記江澤民、國務院總理李鵬的邀請，越共中央總書記杜梅、越南部長會議主席武文杰將率領越南高級代表團於 11 月 5 日至 9 日對中國進行正式訪問。」

後面剪報的紙塊大起來，題目依次是：

《越共中央總書記杜梅簡介》

《越部長會議主席武文杰簡介》

《中越邊境民間貿易發達異常》

《昔日自衛還擊英雄，今日發家致富模範》

《越共高級代表團今日抵京》

《中越高級會晤具有重要意義》

《江澤民同杜梅會談》

《李鵬同武文杰會談》

《楊尚昆會見杜梅武文杰》

《中越簽署貿易協定和處理邊境事務的臨時協定》

《中越兩國高級領導人共同認為：中越關係發展獲得新開端》

《越南高級代表團結束訪華回國》

《中越聯合公報》是指導員這個剪報信封中的最後一張。趙林重新看了一遍，把這些剪報整好，塞入信封，還給指導員。他說你剪這些幹什麼？指導員說資料嘛。趙林便退回床邊，躺到床上，不好再問啥。屋子裏立刻又陷入靜默，如同他們突然想起他們幾天來彼此不語，這陣莫名其妙為了剪報説話不值得，趕快把自己抽退到沉默的水中泡起來。

　　無話。

　　燈光雪亮。

　　屋裏沒一絲響動。小門嚴關着，門外的聲響擠進一星半點，很快淹沒在屋裏的靜默中。指導員不知什麼時候又開始看剪貼，也不知他看的是哪一張，模樣如那張剪貼中隱含了什麼密碼，他死心要從那文字中把密碼破譯開。

　　熄燈號響了。

　　彷彿既然通話了，就沒必要這麼隔着不講話，指導員聽了熄燈號，把剪報收起壓在枕頭下。

　　「你還看嗎？」

　　「不看了，熄燈吧。」

　　指導員拉了開關，小屋裏一團死黑。接着屋裏響起二人摸黑的解扣脱衣聲。接下，各自躺倒在床，屋裏又復寧靜。窗外的朦朧夜色，靜默悄息滲進來。時間像浸泡他們的朦朧的月夜，靜靜地從窗裏流來，從他倆的床上浮浮

一過，又靜靜從門縫流失。在這安詳寧靜中，人如漂浮一般放鬆，也如漂浮一樣難耐，就終於有了流水一樣自然的話語。

指導員說：「老趙，我昨天看見王慧來了。」

趙林說：「她來談軍民共建的事。」

指導員說：「長得真夠漂亮。」

趙林說：「再漂亮也是人家的媳婦。」

指導員說：「我能看出來，只要你追她，準能追上她。」

趙林說：「不要命了？得對得起老婆呀。」

指導員說：「那當然。咱是軍人，得講道德。」

趙林說：「有時候道德比紀律、法律都重要。」

指導員嗯了一下，沉默一會兒，又說：

「老趙，你真有福。不一定怎樣，但有女人想着你，生活就有意思。」

趙林說：「老高，你老婆是城裏人，又年輕漂亮，和你志同道合，你還想怎樣？」

指導員說：「我老婆的確不錯，可和那王慧一比，差了一個檔次——氣質、皮膚、身材都不如人家。」又說：「老趙，我連你老婆的照片都沒見過，到底咋樣？」

趙林說：「農村婦女，還能咋樣？」

指導員說：「要有可能，讓你和你老婆離婚，和那王慧結婚，你幹嗎？」

趙林說：「高保新，你開什麼玩笑！」

指導員：「假設嘛。」

趙林說：「談些別的吧。」

指導員說：「談啥？」

趙林說：「隨便。」

又沉默了許久，趙林在床上翻了一下身子。

他說：「鬧不明白，我們和越南又好了。」

指導員說：「你發現沒有，這幾天我總失眠，睡不着覺。」

趙林說：「你前天夜裏，昨天夜裏說夢話。」

指導員說：「我迷迷糊糊，又好像睡着了。」

趙林說：「你夢話說得很清楚。」

指導員問：「說了啥？」

趙林說：「你喚你們老排長的名字。」

指導員說：「我睡着總夢見他腦殼血淋淋地扣在我頭上，弄得我睡着就盜汗。」

趙林問：「他死了十幾年？」

指導員說：「十二年。」

趙林說：「那一發炮彈，太慘了……」

指導員說：「真是，太慘了。」

趙林說：「現在我們和越南又好了。」

指導員說：「杜梅和武文杰在北京訪問了五天。」

趙林說：「簽了聯合公報，我在廁所讀到時嚇一跳。」

指導員說：「公報總共十一條。」

趙林說：「好了鬧，鬧了打，打了好，好了再鬧，鬧了再打，打了再好……弄不明白。」

指導員說：「昨天打仗就是為了今天和好嘛。」

趙林說：「想開了也是。」

指導員說：「老趙，你們排那次就傷你一個？」

趙林說：「彈片還在腰上，颱風下雨就痛。」

指導員說：「十二年了還疼？」

趙林說：「還痛。」

指導員說：「痛你還不申請一個殘廢軍人證。」

趙林說：「殘廢軍人轉業單位都找不到。」

指導員說：「倒是。我見過我們縣轉業的殘廢軍人，閑得無聊，不是喝酒，就是罵街。」

趙林說：「其實你傷得不輕。」

指導員說：「子彈穿了兩個洞，落四個疤。」

趙林問：「說真的老高，你剪那些報紙幹啥用？」

指導員說：「你怎麼總問這……資料嘛。」

趙林說：「屁資料，總讓人想起過去的事。」

指導員說：「我搞政工，得有資料。」

趙林問：「你對中越和好啥看法？」

指導員說：「挺好的。咱有啥看法？」

趙林説：「我也覺得挺好的。咱們管不了國家的事，好有好的理，打有打的理。」

指導員説：「咱倆連一個連隊都管不好，還能管國家的事？」

趙林説：「奶奶，夏日落的案子查到了哪一步？不能總把咱倆吊到這兒。」

指導員説：「查完了。」

趙林説：「查完了？」

指導員説：「查完了。」

趙林説：「查出了啥問題？」

指導員説：「誰都不知道他為啥要自殺。」

趙林説：「我想他是當兵當煩了。」

指導員説：「他才當了不到一年兵，有啥煩？」

趙林説：「我有個親戚，當兵在東北是少尉排長，打靶時他對連長説，當兵真沒勁，連長説沒勁你死去，他抽槍就往自己太陽穴上開了槍。」

指導員説：「閑扯。」

趙林説：「真的。我親戚，學生官，讀過很多書，吹起戰爭能把團長吹得一愣一愣。」

指導員説：「對那連長怎麼辦？」

趙林説：「判了一年刑。」

指導員説：「夏日落可不是因為這死的。」

趙林説：「他是毛孩子，純粹一時哪兒彎了船，想不開。」

指導員説：「老趙，團長有沒有不處理你轉業的意思？」

趙林説：「難説。要看夏日落到底為啥自殺了。」

指導員説：「我現在想開了。」

趙林問：「想開了啥？」

指導員説：「在這關幾天把我關通了。原來我岳父來信説，他三年以後要休息，讓我無論如何兩年内弄個營職轉業，回去到縣上，他能安排我一個正局級或縣政府辦公室主任啥兒的。現在我想通了，轉業算啦，弄個辦事員也成。」

「你還是想法留下弄一職，老高。」

「沒意思。」

「當兵的你別想意思。你有希望弄一職。」

「我想走。」

「和越南和好了，更不會打仗了。」

「與打仗沒關係。我想走。沒意思。」

「別説沒意思。你弄一職，我再賴一年，你回家可以趁岳父在位弄個局長，我也能把家屬小孩戶口隨了軍，也不枉咱們當場兵，打過仗，還都負過傷。」

「我決心下定了。」

「因為那幾張剪報？」

「老趙你別瞎猜。」

「我不會跟別人說。」

「我主要忽然覺得沒意思。」

「我給你說個謎語吧老高，四四方方一座城，那裏駐了一萬兵。你說那是啥？」

「蛆。」

「睡吧？」

「不瞌睡。」

「我也不瞌睡。」

「你給我猜這個謎語啥意思？」

「沒意思。小時候學的。」

「老趙你說的有意思。」

「你睡吧，你。」

「不敢睡。一睡排長就把他血淋淋的腦殼扣到我頭上，血順着我脖子流一床。」

「你神經衰弱。」

「明天得要幾片安定。」

「我想睡了。」

「你睡吧。」

「不說話了？」

「不再說了。」

就真的一時沒了話兒。小屋裏旋即安靜。月亮已經半滿，正正對着窗戶，月光如水樣灑進屋裏，流在他們床上。指導員睜着眼。連長說瞌睡了，卻一樣睜着眼。從門縫爬進屋裏一隻蛐蛐，咯咯咯咯，叫得極脆，聲音在屋裏如在月光中叮咚流動的水。指導員說老高，有隻蛐蛐在你床頭叫。連長說我聽見了，你怎麼還沒睡？指導員說我弄不明白你剛才說的那句話。

「哪句話？」

「四四方方一座城，那裏駐了一萬兵。」

「不就是個笑話謎語嘛。」

「不是老趙，你比我聰明。」

「你把我賣吃掉算啦。」

「我以前有些瞧不起你老趙⋯⋯」

「瞧不起我是對的。」

「我錯了。這不是道歉，我發現我不如你。」

「簡直笑話！」

「你居然能明白四四方方一座城⋯⋯」

「三歲的孩子都知道。」

「知道和知道不一樣。我下決心轉業了。」

「你正連回去能安排一個什麼職？」

「辦事員。」

「辦事員屈了你老高的才，你得在部隊往上再拱拱。」

「我們一個排都死掉了⋯⋯辦事員也不錯。」

「活着的要和活着的比，我說的是真話。死掉就算啦，活着的就要和活着的比。」

「我發現你老趙在連隊真的悟了很多事。」

「我不懂你這話是啥意思。」

「你比我懂人為啥要當兵，當兵又為啥。」

「你扯淡。」

「真的。」

「我就想把老婆孩子戶口弄出來。那死了的人也不會為你我的目光短淺、胸無大志，不像軍人責怪誰。」

「那倒是⋯⋯我還是想轉業。」

「你想走還不一定讓你走。」

「夏日落的死主要因為我就行了。」

「老高，你這樣是打我耳光老高。」

「老趙，我真心實意想走啦。」

「聽憑夏日落發落我們吧。」

「你又瞌睡了？」

「我想睡。」

「你睡吧。我怕睡，總夢見排長腦殼扣在我頭上。」

「那我睡了。」

「你睡吧。」

連長趙林真的閉上了眼。月光在他臉上鍍上一層光。他睡得極安詳，且破例有了打鼾聲。指導員睡不着，後來就披衣坐起來，拉亮燈，閑得發慌，又取出枕頭下那信封中的剪報讀：

「新華社北京 11 月 7 日電（記者閻樹春）在中國和越南簽署兩項協定及越南高級領導人結束訪問北京之際，中越兩國領導人今天共同認為：兩國關係的發展獲得了一個新開端……」

第九章

18

禁閉終於結束了。

連長趙林和指導員高保新在那間小屋禁閉到第十天，調查組分別又找他們談了一次話，對趙林說，回去抓好三連的軍事訓練和行政管理，走吧，下一步如何處理由團黨委研究決定。對指導員說，走吧，下一步思想政治工作要認真細緻，落到實處，如何處理，由黨委說了算。

他倆便扛着被褥，從營部回到了三連。

那時候，陽光明媚，火圓一輪，高高吊在天空。白雲淡淡，如花如絮，在陽光下緩緩移動。營房裏到處溫暖着一種熱氣，秋天的落葉不停地旋着落下。對面的大操場上，列隊着這座兵營的四個連隊，幾百人馬，日復一日地進行着操練，口令聲，喊殺聲，從撕裂的嗓子中衝出來，在營房的各處衝撞。望着那些兵們，指導員說到底都是些年輕人。連長說我們都是從那兒過來的，他們有一天也會

走到我們這一步。不一定，指導員說，十年也就轉眼間，誰都把握不住十年以後啥樣子。連長說要說也是，十年前誰能想到我們和越南還會好？十年後不是果真就好了，兄弟一樣呢。指導員從行李下面把頭勾過來，說老趙你怎麼總是越南越南的，打越南本來就是為了和平嗎？為了和平才打的，連長說當了十四年兵，這道理我能不懂嗎？只是我的腰一遇天陰它就疼。疼就疼嘛，指導員說好像有過傷、立過功的就你一個人，不要老是把這些掛在口上，對戰士們影響不好的。他們就這樣有一搭無一搭地說着、走着，弟兄一樣回到了三連。

其時，夏日落盜槍自殺案已經結案。團長親自和夏日落有關的任何官兵一百七十餘人談話，保衛幹事記了四百餘頁談話錄，共計十三萬多字，全部材料證明：均皆不知夏日落為何自殺。最後團黨委、營黨委，依據全部資料定案為：夏日落年幼無知，生活道路平坦，從幼兒園進學校，一出校門進軍營，一向不遇任何挫折，入伍後上進心切，因入團較晚，就對前途失去信心而盜槍自殺。客觀原因是連隊思想工作不力，行政工作不嚴，一方面沒有及時發現夏日落思想低沉這一事故苗頭；另一方面槍支管理不妥給他盜槍提供了條件。團長給他倆念這一段事故報告時，指導員說團長，主要是因為連隊思想工作薄弱，我是連支部書記，應負主要責任。連長忙截斷指導員的話，說

老高，話不能這樣說，也許他是見槍才有自殺念頭的，主要責任我趙林死也不能推卸。團長說算啦算啦，都早一天這樣，也少在小屋蹲一天，你們回去想想如何向夏日落的家長賠罪吧。

他們回到三連，夏日落的後事已全部辦完，連骨灰盒他的父親都已裝進包裹。夏日落家裏接到夏日落的死訊是在事發的幾日之後。調查組原以為可以迅速弄清夏的死因，如此，也可向死者父母作出答覆和交代。然卻沒有想到，他的死因是：模糊一團，見果不見因。這樣，也就通知他的父母晚了整整一周。而夏母在鄭州二七區，每天要掃三百五十米長的一段大街，從不間斷掃了四十年，找不到頂班，沒能來到軍營。大哥和姐都已立家有小，動身不便。二哥三哥正做一筆大的生意，騰不開身子，所以只有父親來了。父親在小學教語文，找老師頂課半周，到軍營震驚、痛哭之後，在趙林和高保新從禁閉室出來的這天夜裏，就要啟程回鄭。所以，趙林和指導員丟下行李，當即前去賠罪。

「見了老人怎麼說？」高問。

「不行就向老人跪下來。」趙答。

老人住在連隊一間空房裏，和連長指導員的房子同是一排。他們幾步就進了那間招待士兵家屬來隊的屋子裏。他們去時老人正在有樣無心地看電視，有文書相陪。見了

連長和指導員，文書怔一下，向老人介紹說，這是連長，這是指導員。老人忙關了電視，說日落死了，讓你倆受牽累，真是對不起。指導員緊握住老人的手，說你不能這樣講，我們是來向你賠罪的。老人臉上掛着蒼黃一笑，說誰也沒罪，都是命。說我來時老伴就交代，不能對部隊不講理，日落死是他自己想死的，誰也不會對着他開槍。原沒想到小學老教師這麼通達情理，趙林一時尷尬，竟找不到要說的話兒，然又不能不說，想了半日，才說日落是夏天黃昏時候生的才叫日落吧？老人說是的。然後話就有了題目，老人說日落小的時候極孤僻，讀書倒用功，愛看閑雜書。老人拿這些話題很說一陣，最後話題突然一拐問，這附近有沒有一條河？連長想想說附近沒有，只十八里外的城邊，有條護城河，還常常漲水。老人說沒有那麼遠哩，應該只有幾里。可我在就近幾里，連續找了三天，每天吃過晚飯都在外面走，也沒見到一條河兒。指導員說沒河怎麼了？老人說日落很長一段時間給我寫信，總要提到一條河，而且最後一封信全是寫河。說着，老人便拉開一個包的白拉鍊，取出一封信。那封信上果然寫的全是河景。

爸爸：

　　……我說的那個地方真是那樣，美麗極了。一條河水從山上彎下來，流金淌銀似的，叮咚着向我響來。等到

了我的面前，水就灘開來，薄薄的一層，呈出綠油油的顏色。我從來沒見過這麼好的地方。四野裏極其寧靜，除了我，沒有別人，一個別人也沒有。只有幾隻水鳥在河面上起起落落。最好的地方，還不是我的腳下，是那條河的對岸。遠遠地朝河對岸望去，老柳樹在向我招手。那水鳥飛累了，就落在老柳樹下的石頭上歇腳。我覺得對岸總該有個人，可我多少次到這河邊來，從沒瞅見對岸有人。在黃昏裏，河水淺紅淺黃，曬了一天的燥氣，隨着河草的鮮味在河面和河岸上飄散。我經常立在一塊石頭上，朝着對岸打量。對岸在夕陽裏突然開闊了，一眼望去，林是疏疏的，光是淡淡的，天是藍藍的，那地方河荒岸野，靜得鳥的飛聲都如滾山石一樣響亮悅耳，令人特別特別地嚮往。我很想趟河過去，到那邊的柳樹楊樹下坐上一陣子，可是河很寬，過去卻需要費很長的功夫。我覺得過去到那寧靜中坐一陣也是值得的，看看那立在天中的山巒，聽聽那悠揚的笛音。到了晚上，我想那兒一定是滿地月光。那河水一定會在月光中顫顫地抖動。水緩緩地流着，月光鋪灑一地，夜鳥在朦朧裏偶爾叫上一聲，然後從那個地方飛走了，飛進了無邊的夜裏。你能聽到一種感覺不到的聲音在耳邊響着，把夜、河，還有天都顯襯得靜得沒法說的靜。早上時候，那就更好了。河水晶晶瑩瑩，委婉而清脆地流着。依然是四野無人，出奇的寧靜。早上的時候我到過那

裏。我清清楚楚看見太陽是從河的對岸出來的。河水金黃血紅，老柳樹上落滿了鳥雀，山都退到了太陽的身後，被太陽照得透亮得如脫光了衣服，赤身裸體立在世界上。好在那裏沒有別人，除了我立在河這邊的石頭上，再沒一個別人。我想就是有一個別人，那山也會那樣赤裸的。是的，爸爸，那兒好極了。靜得沒法說，人一到那兒，心裏便乾淨得如一張白紙。不過最令我神往的，是那兒的落日。太陽從河上游出來，向下游落去。一個銅盆大的太陽，半個在天上，半個在水裏，把那下游的河水染成西瓜一樣的顏色。那些一層一巒的山都疊在一塊，印在平靜的河水裏，變得又紫又褐。老柳樹把樹影放在水面，彷彿為了打撈那半輪太陽，不讓太陽落去似的，在水裏抓來撓去。真的，那時候那兒靜極了，沒有別人，只有我。一個別人也沒有。我立在那塊石頭上，望着下游對岸的落日，就想人不看看這景觀，真是虧極了。回巢的鳥，搖擺的魚，掛在山坡上的羊，倒在水中的樹，叮叮噹噹的聲音，還有像什麼也沒有的安靜……

夏日落的信寫得很長，字也規整，是寫在部隊服務社賣的那種稿紙上，整整寫了五頁，全是寫的那條河、河對岸的風光。指導員看完了信，把信給連長。連長看完了，把信還給老人，說這軍營附近沒有什麼河，只有幾條乾涸

的渠，和幾里外的黃河的故道。老人說我總覺得日落這孩子神經不正常，正常了不會總是在信上給我描寫這條河。指導員說他還小，一身學生味，對事情不實際，愛幻想，不定那河就是他閑下無事，獨自想像中的一條河。老人說也許是。到這兒，有關夏日落的話題就算完結，他們又問了老人一些別的情況，問老人還有啥要求。老人說日落死真的不能評烈士？連長說真的不能，這是規定。不能就算了，老人說要能評個烈士，他可以找政府照顧給他家兒子安排一個工作。指導員也說真不能，就都把話題說完了。

夜裏，連隊幹部陪老人吃了一頓加餐飯，用車把老人送到八十里外的火車站。

19

有關夏日落自殺一案，到此全部了結。

連長和指導員最後結局是：經團黨委研究決定，各記大過一次。各降一級使用。在部隊開始的整編中，在沒有宣佈撤銷三連之前，仍由他們主持三連工作，然在全團幹部會上宣佈他倆處分決定那天，他倆共同看到了一種奇觀。

因為案已了結，處分也已定性宣佈，這反倒使他們有了幾分輕鬆，就像被拘留的人，終於等到了判決一樣。事情是在吃過晚飯以後，兵們以軍營習俗，按鄉域之界，

三五成群，都在大操場上閑坐。因為心裏有了空閑，趙林便忽然想起了王慧，想起了他曾答應她說，從禁閉室裏出來，他就立馬要去看她。他是真的想去看她。然而猶豫之時，指導員找到他說，今天星期六，出去走走吧。趙林便說走走吧，散散心去。也就又把王慧放到一邊，與指導員並肩信步，走出營房，沿着田野上一條乾涸的渠埂，邊走邊說：

趙林：「我沒想到處分這麼重哩，會各降一職。」

高保新：「降職處分是重，可過些日子，工作好了，有官復原職的可能。」

趙林：「就怕真把三連撤銷。」

高保新：「那時，你我就成了三連的罪人。」

趙林：「真沒想到⋯⋯」

高保新：「馬列主義哲學說，偶然都在必然之中，我看，有時候必然是因為偶然。」

趙林：「老高，你這麼有才，能講能寫，還懂哲學，夏日落一案誤了你的前程，我總覺得心裏有愧於你。」

高保新：「老趙，別說了。看來，嫂子和侄女們是不能隨軍了，想起來連我也覺得對不住她母女三個。」

趙林笑笑：「這是她們沒有這命。」

彼此就這麼說着走着，走着說着，不覺之間，竟走出了幾里之路，又越過了一片寬闊的荒野，到了黃河故道邊

上，登上一個沙丘，向西一看，果然看見夏日落那封信上所描寫的景況：

黃河故道紅沙漫漫，在夕陽的光輝裏，如一條從遠處搖擺而下的河流，發出金銀的光亮。四周除了他倆，靜得如同墳地。偶有的禿鷹，在故道上飛着怪叫。而故道對岸，彷彿已是天邊，地平線也就在那故道的對岸。

夏日落所寫的河對岸的風光，全都映在落日下的地平線上。半輪紅日，一條河水，彎下腰身的老柳樹，層層相疊的山巒，如此等等，一切的風景，似乎都出於夕陽下變幻的白雲。趙林和指導員直立在沙丘上，癡癡地盯着那地平線上的夕陽，那夕陽照着變幻的白雲，忽然間他們彷彿不僅看見了夏日落寫的飛鳥和游魚，而且真切地聽到了叮咚水聲，聞到了河藻的氣息。趙林說夏日落來過這裏。指導員說肯定來過。趙林說他今年十七歲。指導員說再大些他就不會自殺了。趙林說，老高，你說夏日落的死到底與咱們有沒有關係？指導員稍微一怔，坐在沙地上，抓一把細沙讓它從指縫流出去，說：「我覺得與咱們沒有太大關係。」

趙林也坐下，面對着西落的太陽。說：「我也覺得與咱們沒有太大關係。」

然後，他們就各自不語，歪身倒下。黃河故道的細沙棉一般舒人，太陽留下的溫熱，朝外散着，浸進他們的身

子。故道對岸的落日，金黃血紅，一半在天上，一半沉進地下，如沉進滿是泥沙的河道。他們那麼自在地躺着，如自在地浮在水上。水面平靜暖人，落日照着他們的臉和身子，彷彿是在輕輕撫摸，癢酥酥的筋骨放鬆開來，沙地和夕陽的溫熱便從上下身子流進骨頭縫裏。遠處的柳樹，稀落幾棵，葉已謝盡，留下的枝條在日光中微微擺着。被風吹皺的故道的細沙地面，一浪一浪朝遠處攤去，直攤到落日之下。

指導員說：「老趙，你說整編會撤我們三連嗎？」

趙林說：「肯定。」

指導員問：「為啥？」

趙林說：「就因為夏日落事件。」

指導員說，他媽的，咱們三連在抗日戰爭中、反「掃蕩」，反「清鄉」、反「限制」立過大功；參加過華東、中原大戰；踏遍了蘇、魯、豫、皖、冀、浙等省，他奶奶的宿北、魯南、萊蕪、孟良崮、豫東、淮海、渡江和解放上海、抗美援朝、自衛反擊，你說少過咱們三連沒？錦旗掛滿了榮譽室，你我又都是立過戰功的連長和指導員，怎麼能說撤就撤呢？

趙林說：「要不是夏日落，我想撤的就是四連啦。」

立在沙丘中，沐浴在落日中，指導員高保新突然不動了。臉上有一層紫紅色的興奮，宛如貼上去的一張紙。

他説：「老趙，我有辦法讓上級撤四連，保三連。」

趙林盯着他：「你説。」

高保新説：「我們做些小動作，給團裏師裏寫幾封匿名信，把四連丟豬、打架、班子鬧意見、開車撞傷人、入黨靠送禮都寫到了材料上，落款是他們四連眾戰士，你看這樣，團黨委會不會保三連，撤銷四連呢？」

趙林想了一會兒：「我覺得行。團長是我們三連老連長，撤了他能不心疼？」

「不心疼他就不是軍人了。」指導員説：「問題是撤了四連，四連長就可能得轉業。」

連長説：「他是城市人，他想走。」

指導員説：「他老婆跟人飛了，他不想轉。」

連長沉默一陣，那就算了吧。讓三連聽天由命去。我們不能害了四連，又害了四連長，老婆跟人飛了，他轉業往哪去？説好壞你我都還有個老婆哩，都還有一個家。説着，他把腳在沙堆上撺一下，半旋身子，怔一怔，有些驚驚咋咋地叫，説老高，你看那落日。

指導員順着連長的手指望出去，驟然間，就見太陽已沉入枯黃的水中三分有二，露出圓圓一帽，如將燒化開的鐵水，似流非流，似灘非灘。那夕陽下的河水，似乎起越激蕩不停；層疊的雲山，染着鮮紅的顏色，落在河岸邊上。近處黃河故道的沙地，在夕陽下變成淺薄的紅色，刺

燙着人的眼睛。遠處有一隻野兔，匆匆從他們身邊躥過，消失在了不見邊沿的沙地。隨後，便是一日將過後那片刻的寧靜和從未見過的風光的祥和。在這種靜寂裏，溫暖泡着人心。使人覺到心底容不得盛有半星黑點，使人覺得世界上沒什麼大不了的事。落日下蕩動的無邊的河水，靜默悄息從人的心裏流過，似乎把世間的繁雜，洗得潔潔淨淨。

指導員臉上映着落日，好一陣子不言不語。

趙林說：「奶奶，在這望落日，格外地讓人想得開。」

指導員說：「什麼想得開？」

趙林說：「我說夏日落。」

指導員說：「事情過去啦，別再提起啦。」

趙林說：「我沒想到那小學教師那麼通情理。」

指導員說：「我也沒想到。」

趙林說：「他至少該再跟部隊多要一千塊錢安葬費。」

指導員說：「世上萬事，就怕想得開。」

趙林說：「可能是他家不缺錢。」

指導員說：「聽說他家還欠別人一萬多塊外債呢。」

趙林翻個身，望望指導員，從細沙中抓出一個小石子。他將石子朝着夕陽擲過去，那石子如一粒金球，在陽光中灼灼發光，無聲無息地落到了沙面上：

「我老婆今天來了一封信。」

指導員盯着從遠處飛來的一隻鳥：

「我老婆沒來信。」

趙林又將一粒石子扔出去：

「來信沒好事。」

那鳥從指導員眼中飛走了：

「要錢？」

趙林望着紫紅的天空：

「要電視。我答應年底給她買台電視機捎回去。」

指導員翻身望着趙林的臉：

「先買一台黑白的。」

「本來答應的就是黑白的。」

「不行先把連隊那台黑白電視捎回去。」

「不用，我已經存了三百多塊錢。」

「連隊用不上，有彩電。」

「影響不好。」

「沒人會知道。」

「知道了不得了。」

「你象徵性地給些錢。」

「給多少？」

「有了三百、五百，沒有三十、五十都行。」

「讓支部研究研究，作個價錢好一些。」

「我是書記，我說了就算。」

「給一百塊錢吧。」趙林說。

「不值那麼多。」指導員說。

「九十？」趙林問。

「你老趙挺大方。」指導員淡然一笑。

「那就八十塊錢吧。」

「五十塊錢。有人回家你就捎回去。」

「這不好老高。戰士們會知道。」

「我高保新當了將近一年指導員，快轉業了，不能總是支部說了算。我是三連黨支部書記，你出五十塊錢，出事了我頂着。」

趙林坐起身子，對着落日揉揉眼睛，又朝四野瞅瞅，空曠和靜寂無邊無際。也沒有一絲風，他們這樣呆着，彷彿離開了人世。

「老高，」趙林說，「你現在睡覺還做噩夢嗎？」

「有時做。」

「你不應該走，該留下再往上弄一職。」

「你知道，我前幾天就把轉業報告送上了。」

「給了誰？」

「政委。」

「政委今年轉業嗎？」

「他還想留下試試熬一職。」

「你把轉業報告取回來。」

「送上了，怎麼好意思取？」

「掏一句心裏話老高，你是不是因那剪報，忽然覺得呆在部隊沒意思？」

「那剪報弄得我總夢見排長的血腦殼。」

「現在不是好了嘛。」

「離開禁閉室睡覺就好些。」

「是這樣。我去把你的轉業報告取回來。」

「你怎麼說？」

「我說讓你轉業我也走。」

「你這老趙，」指導員說：「你還幻想部隊把你留下呀？」

「人都有同情心，」趙林說：「團黨委能不可憐可憐我。」

指導員語氣強硬了：「你簡直是白日做夢嘛。」

趙林說，「那你說怎麼辦？」

「算啦⋯⋯走就走吧，天下青山都能埋屍骨。」

「你想錯了老高，我們和越南和好了，那和別的國家就更沒仗打了。一輩子沒仗好打了。不打仗了，我們才更應該留在部隊幹，尤其像你。」

「後來我也想到了這一層。」

「想到了這，還想什麼血腦殼。」

「媽的，那小屋把我神經弄壞了。」

「想辦法留在部隊再幹一二年。」

「我又怕留不下，又怕留下萬一調不了職。」

「你出面明年讓七班長開汽車，然後再給他轉個志願兵，說到底他是團政委的侄兒子。團長那邊，他是我老連長，我去厚着臉皮替你求求情。」

「也是個辦法……」指導員説：「可我留下了，你老趙咋辦呢？」

趙林望着天空中的落日：「我就聽天由命吧。」

「最好是讓三連的人去團裏要求把你留下來。」

「誰去？」趙林問。

「戰士們。」高保新答。

「去請願？」趙又問。

「對。」高保新説：「我來發動戰士們，去三十個五十個黨員骨幹，一致要求團黨委把你留下來，我想團黨委不會不考慮群眾呼聲的。」

「老高……」趙林有些感動，鼻子酸酸的。

「別説啥了。」高保新説：「我只盼着你早一天把嫂子和侄女們戶口弄出來。」

「弄出來我就是像夏日落那樣也心滿意足了，」趙林説：「你説我們從農村入伍的圖個啥？能讓老婆孩子進廁所了用上衛生紙，月經來了用上月經帶，這也就對得起這一世人生了，對得起我老婆的哥哥了。」

這樣說着，趙林忽然一心淒寒，從地上站了起來，極力地朝遠處張望。也就看見漫漫寬闊的黃河故道上，沙礫閃爍，一波一浪，果然隱約聽到了流水的叮咚響音，彷彿真的有河流灘在身邊。他靜靜聽着，小心地說，老高你聽聽是什麼聲音？指導員卻把身子往後一仰，倒下枕着雙手，惘然地望着西天邊的一片靜謐深紅，話題一轉，說老趙，我覺得你這個周末該去看看王慧哩。

趙林像背後被人拍了一掌樣，他扭身盯着指導員不言不語。

「那天在禁閉室房後，我聽見你們說啥了，」指導員笑笑說，「是偷聽，你別怪我。聽了後讓我感動，妒忌。人生圖個啥？都活到了這個份兒上，你別老是禁錮自己啦，就去吧。」

趙林就果真想去找那王慧了。

趙林就果真去找那王慧了。

尾聲

我從來不敢相信文學就是人學那樣的斷言，但文學應該對人懷有恆久的尊重和愛。當文學也對人失去尊重時，人的生存的全部意義就已失去，如今天我們不明白恐龍如何消失而蟑螂卻依然活着的意義是什麼一樣。

《夏日落》在十五年之前寫作時，並沒有今天我對文學與人的一些理解和認識，可它卻有意無意地體現了我今天「文學應該對人恆久尊重」的一些想法。也許正是這些想法，在十五年之前它面世之時，獲得了一片叫好之聲，同時，隨後因為它在海外的影響，我也因此嘗到了許多檢討、自省的味道……作為一個作家，十年來，我受到了組織與領導盡可能夠給予的理解和尊重，作為一部作品——《夏日落》開始了它長時期被冷熱議論的命運。因此十五年裏，基於某種考慮，我沒有把它收入任何版本與後來的讀者見面，藉以忘記，使過去的事情不致影響今天的寫作。

可是，許多事情進入了記憶，一時會難以忘懷。一部作品，十五年時間裏能被讀過的人時時記住，能被某一種贊成或不甚贊成的文學理論不斷提及並論證，對於它和它

的作者，都是莫大的安慰與幸運。也因此，十五年之後，時過境遷之後，許多情況發生了變化之後，我又把《夏日落》從沉浮的塵土中清理出來，使它最終獨立成書與讀者見面。

我並不以為《夏日落》就是某一時段，或某一類文學的經典之作，它有不少二十多年前社會歷史的印跡和作者十五年前寫作時的過分「真誠」的痕跡。但其寫作對人的尊重，卻至今仍在《夏日落》中四處洋溢，正是基於這一點，我也才願意讓它從塵封中走將出來，進入讀者的手中。

《夏日落》僅僅是一部虛構的小說，願每一位讀它的朋友，都能把它看作是一部有點兒意思的小說，而不是別的什麼，也就行了。

2001 年 11 月 18 日
於北京清河

後記

《夏日落》被禁始末

九四年初夏，我剛剛從河南調入北京，那時候因為腰患重病，寫作必須爬在床上，而不寫作又無法維持日常生計，尤其無法維持的，是你活着的理由。就是在這樣灰冷的心境下，在我和妻子一道，遠赴山東的濟南準備對腰施行大的手術之時，我突然接到北京我新調入單位領導的電話通知，讓我儘快由山東趕回北京。

我就匆匆回了。

放下行李，瘸着雙腿、扶着疼痛的病腰，到了領導辦公室裏，才知道是我的小說《夏日落》出了「天大」的事情——「上邊」開始追查了。追查這部小說的寫作經過、發表經過，還有我從河南調入北京的一些情況。直到那時我才明白，這部寫於九二年年底，我以為是我創作的軍旅小說中最具代表意義的說長篇嫌短，說中篇偏長的小說，原來寄給《收穫》、《昆侖》等大型文學刊物後，他們都說

「寫得很好，但不宜發表」是那樣的聰慧與明智，是他們作為文學編輯對文學與社會意識把握精準的一次例證。

九一年年底，我的腰病雖已開始嚴重，但我還依然可以坐下寫作。《夏日落》這部七萬多字的小說，我大約用了不足十天時間即寫作完成，依然是一稿而就，不改不譽，只在原稿上挑一下錯白字和標點符號，就寄給了上海的《收穫》；「不宜發表」後，又投寄當時解放軍的《昆侖》，再「不宜發表」後，就收之高擱，鎖進了抽屜。與此同時，鎖進抽屜的還有我對文學的一些思考與理想。可到了九二年秋，山西《黃河》雜誌的主編找我約稿，加之那時因為腰病漸重，投醫問藥，家裏經濟非常拮据，看病借錢是件經常的事。於是，我就在約稿後的不久，把《夏日落》稿件末頁的寫作日期塗抹一改，把創作時間往後推了一年，謊稱是一部專門為《黃河》約稿新寫的作品，給《黃河》掛號寄了過去。

沒想到，《黃河》很快在當年第六期以頭題發了出來。

沒想到，小說一經發表，當時中國所有的選刊如《小說月報》、《中篇小說選刊》、《中華文學選刊》等，都相繼轉載；當年各種類型的「年度小說選」也都紛紛收錄。有許多讀者來信寫得感人至深。軍隊的評論家稱它為「新軍旅」小說的一大突破；地方的評論家稱它為「新寫實」的

又一收穫。而對我自己來說，《夏日落》的問世，最重要的是它的稿費緩解了我家收入的窘迫。

以為一切都已過去，我應該做的就是兩件事情，一是看病，養好身體；二是為《日光流年》的寫作做好準備。可就在此時，《夏日落》遭遇了追查。事情的起因其實非常簡單，主要是因為香港的《爭鳴》雜誌載文評說大陸軍事文學的「第三次浪潮」已經到來，代表作家是閻連科，代表作就是《夏日落》。說「第三次浪潮」的宗旨就是「描寫軍人靈魂的墜落」。並且在那期雜誌上，還斷章摘錄了我幾篇文章中的「言論」，以證實「第三次浪潮」的到來和我是專門「描寫軍人靈魂的墜落」的作家。實事求是地講，九十年代初期，中國的意識形態中還有強大的「左」的傾向，那時候香港還未回歸，人們的意識就是「凡是敵人反對的，我們就要擁護；凡是敵人擁護的，我們都要反對。」一句話，《夏日落》的遭遇，就是因為遇到了「敵人」的「擁護」，所以，它必然會受到「我們」的「反對」。

於是，《夏日落》便不能成書出版，不能在我的小說集中收錄。與此同時，領導還馬上讓我撤發了我在兩家雜誌上已經下廠印刷的另外兩部中篇小說。於是，我開始不斷地向組織彙報思想，開始爬在床上一遍一遍地寫着檢討。今天回憶那時的情景，我對我那時的單位領導仍然懷着一份感激之情，這不光是因為他們不斷地去看望我，安

慰我，而且還親手幫我修改檢討書，以求能獲得「上邊」的同情和理解，幫我渡過難關。為了過關，我還配合領導和組織，專門在黨小組會上向黨員同志們做了認真的檢討，表了決心，說在以後的作品中要多寫正面的、主旋律的東西。可是，就在我一遍一遍地向上級和組織及同事們做着口頭和書面檢討時，我聽說，上邊已經調走了我的檔案資料，聽說一些相當重要的報紙、雜誌已經準備好了對我和《夏日落》及我那時寫的一批「農民軍人」的小說進行批判的文章，只等着「上邊」有了「說法」，就及時地發表那些批判的文章。這時，我就開始隱隱的意識到，其實我能否「過關」，已經不在於我檢討寫的多少，是否深刻或者真誠，而在於一些別的幾乎是任何人都無法掌控的東西。這樣，我就同妻子做好了帶着孩子離開北京的心理準備，也做好了重新回家種田的思想準備。於是，就每天坐以待斃的守在家裏，等着最後的「判決」。

　　一天、兩天；一個月、兩個月……可過了很長時間，幾個月間，這件「天大」的事卻變得無聲無息，既沒有人告訴我「《夏日落》事件」已經過去，也沒有任何別的處理我的決定下來。幾個月間，我那顆懸置的心在倍受煎熬之後，開始變得平復、麻木。並且，為了證明活着的意義，我已經開始爬在床上寫我的重要長篇《日光流年》。時間就在我的煎熬與寫作中過去。煎熬中，上邊有了一個

規定通知，通知說以後凡軍隊作家創作的軍事題材的小說，都必須送單位領導進行審查，通過後方可以投稿發表或出版（其實並無完全落實這個規定）。隨後，到了新年伊始，上邊下發了一份文件，在那文件中，點名批評了《夏日落》對軍隊基層軍官「陰暗的描寫」；在那文件中，同時受到批評的還有莫言的《豐乳肥臀》。

那時候，其實莫言受到的壓力比我更大。後來，他就離開了部隊，脫離了軍界。

在這之後很長的一段時間，我不知道《夏日落》為何會「不了了之」，虎頭蛇尾，開始的雷聲大得驚人，而末尾卻僅有雨滴。又過了一年之後，我在一個會議上，碰到一個著名的批評家，談起此事，他神秘地告訴我說，他知道事情的全部過程，說事情之所以有這樣的結尾，是因為外電開始報道了國內的「《夏日落》事件」，報道了閻連科受到追查並不斷檢討的情況，「事件」也就只好不了了之。我不知道這種說法是否真實，但卻似乎有理。今天，事情都已過去了十年有餘，哪怕《夏日落》在我的創作中有多麼重要，我想說的，它也只是一部虛構的小說而已。就是它在軍事文學和一些評論家眼裏多麼重要，哪怕它是經典，它也只是我那時創作的一段記錄。今天，去回憶這段風波的始末，我想要說的還有一層意義，就是去年的《為人民服務》遭禁查封，是一件真正的驚天動地的「文化事

件」，我同樣受到了巨大壓力，但也同樣受到了許多人的保護，確實是連一份檢查也沒寫過，包括《丁莊夢》遇到的麻煩。這就是說，無論如何，中國在改革開放、在進步發展，哪怕在某些方面，步子似乎慢了一些。

閻連科
2009 年 11 月